Herz aus Stahl

Eine Schützende Wasserspeier-Romanze

Demelza Carlton

Lost Plot Press

Lost Plot Press

EINS

„Versprich es mir, Carline."

Carline presste ihre Lippen zusammen. William konnte unmöglich verstehen, worum er sie da bat.

„Carline, wenn ich mir nicht sicher sein kann, dass du hier in Sicherheit bist, dann musst du mit mir kommen."

Sie stieß frustriert die Luft aus. Sie hatte ihren Bruder einmal auf einer seiner Getreidelieferungen flussabwärts nach Fremantle begleitet, und sie würde lieber zurück nach Britannien segeln, als das noch einmal zu tun. Ein ganzer Tag, an dem die Sonne auf sie herunterbrannte, ohne Schutz und nichts zu tun, dann eine Nacht in einem Zelt, mit nichts als einer dünnen Leinwand zwischen ihrer Ehre und jedem betrunkenen Lümmel, den die Kolonialschiffe Britanniens an den Ufern des Swan River ausgekotzt hatten.

Sie war hier allein viel sicherer, wo der nächste Mann auf der anderen Seite des Flusses war.

„Ich werde hier vollkommen sicher sein, William, das verspreche ich", sagte sie. Als er den Mund öffnete, um zu protestieren, fuhr sie fort: „Bei den geringsten Anzeichen von Gefahr werde ich mich in die Mühle begeben und die Tür verriegeln. Ich werde das Gewehr laden, es nach oben bringen und jeden Räuber erschießen, der es wagt, sich zu nähern."

„Verdammt richtig, das wirst du. Und du öffnest diese Tür nicht, bis ich oder Mr Shenton zurück sind, hast du mich verstanden?"

„Ja, William", log sie.

„Und das ist alles, was du tun wirst. Nichts... nichts anderes, hörst du mich?", sagte William, seine Stimme begann zu zittern.

„Ja, William. Ich höre dich", sagte Carline. Nicht dass ein Befehl von ihm sie aufhalten würde, wenn Hexerei nötig wäre, um sich zu schützen.

„Und zieh deine Jungenkleidung an. Nur für den Fall. Und wenn jemand fragt..."

„Ich bin Colin Steel, dein Bruder. Ich weiß, William. Ehrlich gesagt habe ich diese Hosen öfter getragen als alle meine Kleider, seit wir hier angekommen sind. Ich werde bald neue brauchen."

Williams Stirn legte sich in Falten. „Ich weiß, es ist nicht schicklich, aber es dient deiner Sicherheit, Carline. Du weißt doch, dass ich das alles tue, weil ich dich liebe, oder?"

Sie seufzte. „Ja, ich weiß. Du bist der beste Bruder, den ein Mädchen oder ein Junge sich wünschen kann. Nicht viele Brüder würden um die halbe Welt reisen, um eine unverheiratete Schwester in Sicherheit zu bringen. Mir wird es gut gehen, das verspreche ich. Fahr nach Fremantle, erledige deine Geschäfte und bring frische Vorräte mit, damit ich dir ein Sonntagsessen kochen kann, das kein geschmortes Känguru ist."

Sie ertrug eine weitere Viertelstunde seiner Fürsorge, bevor das Boot ankam und William bald zu beschäftigt damit war, Mehlsäcke zu verladen, um mehr als nur zum Abschied zu winken, als das Boot in Richtung Meer aufbrach.

Carline stieß die Luft aus. William machte sich zu viele Sorgen. Aber sie könnte genauso gut die Schutzkreise um die Mühle erneuern, nur für den Fall. Mit William weg müsste sie nicht verbergen, was sie tat, um ihn zu schützen.

Die Sonne war kaum hinter den Bäumen am gegenüberliegenden Ufer versunken, als jemand ihre Schutzkreise überschritt und all ihre Sinne kribbeln ließ. Einen Fluch murmelnd, schüttete sie das Spülwasser auf das Feuer, um es zu löschen, und marschierte zur Mühle.

Sie lud das Gewehr, wie sie es schon hundert Mal zuvor getan hatte, und ließ sich in den Schatten neben dem Fenster im Obergeschoss sinken.

Der erste Mann schlich aus den Büschen am Mühlteich hervor, sein Körper leuchtete wie ein Geist von der Magie, mit der der Schutzkreis ihn überzogen hatte, als er hindurchgetreten war.

Magie, die natürlich nur sie sehen konnte. Der Narr wusste nicht, dass er leuchtete wie Guy Fawkes.

Carline visierte ihr Ziel an, dann atmete sie aus, bevor sie schoss.

Der Mann fiel.

Zwei Narren sprangen aus den Büschen und suchten nach dem Schützen.

Sie erledigte auch sie.

Noch einer. Der Schutzkreis hatte viermal geläutet, also musste es noch einen vierten Mann geben.

Carline lud das Gewehr nach und erstarrte dann, als sie glaubte, etwas gehört zu haben. Da war es wieder… war da jemand an der Tür?

Sie spähte nach unten, und da war er – er stemmte sich gegen die Tür, als wolle er eintreten, ob sie es wollte oder nicht.

„Die Antwort ist nein, du Schurke", flüsterte sie, als sie aufstand, um direkt nach unten zielen zu können.

Eins, zwei...

Der vierte Mann fiel.

Erst dann wagte Carline wieder zu atmen.

Beim letzten Angriff auf die Mühle waren es zwanzig oder dreißig Männer gewesen, zumindest laut Mr Shenton. Doch mit diesen vier Männern am Boden herrschte nun Stille, kein Laut außer dem sanften Plätschern der Wellen am Flussufer.

Wenn es dreißig Männer wären, wäre sie ihnen nicht gewachsen. Sie bräuchte eine eigene Armee, um sie zu befehligen. Weder sie noch William hatten das Geld, um Männer für den Schutz anzuheuern, und nach der schlechten Ernte war auch Mr Shenton im Moment nicht gerade bei Kasse.

Es gab magische Wege, dasselbe zu erreichen, wenn sie es wagte...

Aber nein. William würde davon nichts hören wollen.

Sie wartete vielleicht eine Viertelstunde, bevor sie leise die Treppe hinunterging und die Tür entriegelte.

Der vierte Mann lag über der Schwelle, wie ein Gründungsopfer aus alter Zeit. Ein gefallener Krieger, der vielleicht wieder auferstehen würde, wenn er hier mit dem richtigen Ritual begraben würde.

Wenn sie es bis zum Morgen vollenden würde, würde William es nie erfahren.

Vier Männer waren besser als einer, und sie hatte die ganze Nacht Zeit...

Was William nicht wusste, würde ihm nicht schaden. Es könnte ihn sogar schützen, wenn die Mühle wieder angegriffen würde.

Sich selbst zunickend, machte sich Carline an die Arbeit.

ZWEI

Grundsteinopfer waren viel mehr Arbeit, als Carline erwartet hatte. Allein das Herausschneiden des Herzens des ersten Mannes hatte sie mehr als eine Stunde gekostet, und das war der, den sie in die Brust geschossen hatte. Die anderen Männer brauchten noch länger, und überall war Blut. Sie würde die Hälfte des Mühlteichs leeren müssen, um alles wegzuwaschen, wenn sie fertig wäre.

Sehnsüchtig blickte sie auf das Wasser und wünschte, sie könnte ihr blutverkrustetes Selbst waschen, aber ein Bad musste warten. Sie musste das Ritual beenden und diese Männer bis zum Morgen begraben, sonst würden sie nie wieder auferstehen. Sie wären einfach nur tot.

Schlimmer noch, sie müsste William die Leichen erklären.

Und er würde sie nie wieder allein lassen.

Nur noch einer, sagte sie sich. Sie hatte bereits den herzgroßen Splitter des Grundsteins auf die Brust der ersten drei Männer gelegt, und der vierte wartete darauf, dass sie das Ritual am letzten Mann beendete.

Sein Gesicht kam ihr bekannt vor. Hatte sie ihn schon einmal getroffen? Sie konnte sich nicht erinnern. Vielleicht auf dem Schiff... oder im Vorbeigehen in Fremantle...

Sie schüttelte den Kopf. Wer auch immer er gewesen war, jetzt war er ein toter Mann. Einer, der nicht versuchen hätte sollen, die Mühle auszurauben, denn nun würde er sie in alle Ewigkeit verteidigen. Geschieht ihm recht.

Sie hob ihre Zeremonienklinge und stieß tief zu.

„Carline... was... was machst du da?"

William stolperte aus der Dunkelheit, seine Augen weit aufgerissen, als er seine Laterne hochhielt.

Er sollte erst am Morgen zurück sein. Er durfte das nicht sehen. Er würde es nicht verstehen.

Sie versuchte, die Leiche mit ihrem Körper abzuschirmen. „Es ist nicht das, was du denkst, William. Diese Männer haben die Mühle angegriffen. Ich hatte keine andere Wahl, als zu schießen. Sie waren mit Äxten bewaffnet, sieh." Sie zeigte auf den Haufen. Englische Äxte, geeignet zum Fällen von Kiefern oder zum Spalten von Anmachholz, oder um sich Zugang zur Mühle zu verschaffen, aber kein Vergleich zu den mächtigen Harthölzern des Swan River. Scharf genug, um sie zu töten, wenn sie ihnen die Chance gegeben hätte, zuzuschlagen.

Deshalb hatte sie ihnen diese Chance nicht gegeben. Sie würden ihre Äxte zu ihrer Verteidigung erheben, sobald sie fertig wäre.

„Hilf mir, Gräber für sie zu graben, William. Um die Mauern der Mühle herum", sagte sie. Sie würde das Herz des letzten Mannes herausgeschnitten haben, bis er fertig wäre.

„Was hast du getan?", zischte William. Er deutete auf den letzten Mann. „Das ist Grant Steel, unser Cousin. Und das ist Stanley Steel, ein weiterer Cousin! Carline, du hast Familie getötet!"

Familie, die hierhergekommen war, um ihr zu schaden. Sie hätten die Schutzzauber nicht ausgelöst, wenn sie unschuldige Absichten gehabt hätten. Aber das konnte sie William nicht sagen, denn dann müsste sie zugeben, dass sie die Schutzzauber gesetzt hatte, und davon würde sie nie das Ende hören.

„Ich habe mich nur verteidigt", sagte sie. Nun, das hatte sie. Selbst jetzt versuchte sie, sie zu schützen.

„Nein, das ist Hexerei, Carline. Das, wovon du geschworen hast, es hinter dir gelassen zu haben und nie wieder zu tun! Wenn hier irgendjemand herausfindet, dass du eine Hexe bist..." William schluckte, die Schatten ließen seinen Adamsapfel noch kadaveröser aussehen. „Wir müssen die Leichen begraben."

Sie nickte. „Ja. Wie ich sagte..."

„Nein, Carline. Wir müssen sie so weit weg von hier wie möglich begraben. Wo sie niemand finden wird. Aber sie sind Familie. Wir können Familie nicht einfach in irgendeinem einsamen Buschgrab verscharren. Sie verdienen ein ordentliches Begräbnis. Das Mindeste, was wir tun können."

Ein Grundsteinopfer war ein ordentliches Begräbnis, wollte sie ihn anschreien. Es war ein passendes Begräbnis für einen Feind. Diese Männer mochten ihre Cousins sein, aber sie waren keine Familie, nicht so wie sie und William Familie waren. Familie beschützte einander.

William nickte, als könnte er ihre Gedanken lesen. „Ich werde sie zum Friedhof bringen. Dort wird niemand ein weiteres Grab bemerken, und es ist das Mindeste, was wir für Familie tun können." Er packte den letzten Mann unter den Schultern und hob ihn an.

Das Herz des Mannes fiel Carline vor die Füße.

William bemerkte es nicht – er war zu beschäftigt damit, die Leiche zum Boot neben dem Mühlteich zu schleppen.

Sie hob das Herz auf und ließ es in einen Eimer mit den anderen fallen.

William trug alle vier Leichen ins Boot, fügte dann eine Schaufel hinzu und stieß vom Ufer ab. „Du räumst dieses Chaos auf. Ich will, dass keine Spur mehr von ihnen zu sehen ist, wenn ich zurückkomme, verstehst du?"

Carline begann zu nicken, hielt dann aber inne, als William fluchte.

„Ich muss morgen früh nach York. Ich bin heute Abend zurückgekommen, damit ich früh aufbrechen kann. Gott, Carline, wenn ich nicht früher zurückgekommen wäre..."

Hätten sie vier unsterbliche Krieger zu ihrem Schutz, und William müsste sich nie wieder um sie sorgen. „William, hör mir einfach zu. Wenn du mich nur fertig machen lässt..."

„Genug, Carline! Das endet jetzt! Räum dieses Chaos auf, oder ich werde dem Gouverneur selbst sagen, dass du eine Hexe bist!"

Und sie würde sicher brennen, oder vielleicht hängen. Hexen waren in den Kolonien ebenso wenig willkommen wie in Großbritannien. Ganz gleich, dass ihre Zauber nie für etwas anderes als Gutes gewesen waren...

„William, bitte."

„Wir werden das besprechen, wenn ich aus York zurück bin. Ich werde vielleicht ein paar Tage weg sein – Shenton will, dass ich alle Vereinbarungen für die nächstjährige Ernte unter Dach und Fach bringe, damit er den Bau einer neuen Mühle rechtfertigen kann. Sei jetzt eine anständige unverheiratete Schwester und sieh zu, dass mein

Haus in Ordnung ist, wenn ich zurückkomme, in Ordnung?" Er bot ein schwaches Lächeln, als ob alles vergeben und vergessen wäre.

Carline sackte in sich zusammen. „Ja, William."

Wenn er die Leichen irgendwo begraben würde, könnte sie sie vielleicht immer noch erwecken. Sie müsste nur wissen, wo...

„Braves Mädchen."

Braver, als er je wissen würde, dachte sie, als sie einen sauberen Eimer fand, um ihn mit Flusswasser zu füllen und die Beweise zu beseitigen.

DREI

Es muss kurz vor Mitternacht gewesen sein, als der Eimer Carlines schmerzenden Armen entglitt und sie nicht mehr die Kraft hatte, sich zu bücken und ihn wieder aufzuheben. Sie würde sich am Morgen um den Rest der Sauerei kümmern.

Sie überlegte, einfach auf ihr Bett im Zelt zu fallen, das das Nächste zu einer richtigen Unterkunft war, was sie hatten, aber die Sorge, dass die Männer, die sie getötet hatte, Komplizen haben könnten, die nach ihnen suchen würden, ließ sie sich stattdessen zur Mühle wenden.

Sie schleppte ihre Sachen in die obere Etage, verklemmte die Tür und versuchte zu schlafen.

Aber der Schlaf wollte nicht kommen.

So sehr sie sich auch bemühte, die Gesichter der Männer, die sie getötet hatte, suchten sie heim, obwohl sie sich an keines von ihnen klar erinnern konnte. Vielleicht waren zwei von ihnen ihre Cousins gewesen, aber wie hätte sie das wissen sollen? Es gab mehr als zweitausend Menschen in der Kolonie, verteilt über hunderte Meilen Küste. William konnte unmöglich von ihr erwarten, dass sie sie alle kannte, geschweige denn je getroffen hatte.

Sie war sich nicht sicher, was schlimmer war - Familie anzugreifen und auszurauben oder sie in Notwehr zu töten. Falls sie überhaupt Familie waren, denn sie fand es schwer zu glauben, dass sie und William Blut mit solch niederträchtigen Dieben teilen sollten.

Hätten sie nur um ihre Hilfe, ihre Nächstenliebe gebeten, hätte sie ihnen vielleicht etwas zu essen gegeben. Aber der Schutzzauber hatte ihre bösen Absichten erkannt, und sie zweifelte nicht an ihrer eigenen Magie. Sie konnte der Magie immer vertrauen, dass sie sie beschützte, während Männer bestenfalls fragwürdig waren.

Wenn sie nur das Ritual hätte zu Ende bringen können. Dann hätte sie vier unsterbliche Beschützer, statt nur vier Herzen in einem Eimer, mit denen sie nicht wusste, was sie tun sollte.

Moment, gab es da nicht einen Zauber, der das Herzblut von Verwandten verlangte? Es war eines der dunkleren Rituale in dem Zauberbuch, das seit Generationen in ihrer Familie war, noch dunkler als Gründungsopfer, denn es erforderte nicht nur Menschenopfer, sondern auch die tatsächliche Kommunikation mit dem Teufel, die Art von Dingen, für die Hexen in vergangenen Jahrhunderten verbrannt worden waren.

Nicht dass es wahrscheinlich funktionieren würde. Carline hatte vor heute Nacht nie eines der dunklen Rituale versucht. Sie hatte noch nicht einmal einen Fluch gegen Kopfschmerzen ausgesprochen. Aber jetzt... es würde doch nicht schaden, das Ritual einfach nur zu lesen, oder? Um herauszufinden, was sie mit Magie und dem Herzblut ihres Verwandten erhandeln könnte?

Sie blätterte durch die Seiten und wünschte, sie könnte sich erinnern, wo sie es gesehen hatte.

Ah, da war es, eingequetscht neben der schrecklichsten Zeichnung eines Dämons. Normalerweise übersprang sie diese Seite so schnell wie möglich, denn das große gehörnte Hundemonstrum schien sie anzustarren, als könnte es ihre Seele stehlen, wenn sie seinem Blick nur lange genug begegnete.

Dunkle Flecken verunstalteten die Seite - möglicherweise das Herzblut selbst, das irgendeine längst verstorbene Hexe in der Vergangenheit benutzt hatte, und die Anweisungen waren schwer zu lesen. Carline kniff die Augen zusammen, bemühte sich, die alten Worte zu lesen und sie ins heutige Englisch zu übersetzen.

„Um zu rufen... nein, um zu beschwören.. . einen Dämon... ich glaube, es ist ein Dämonenb eschützer... aus den untersten... nein, den tiefsten Ebenen der Hölle, ein Sklave, um die Befehle der Hexe auszuführen, nimm ein Herz, feucht von deinem Blut oder dem deiner Verwandten..."

Eigentlich sah der Zauber gar nicht so schwierig aus. Das blutige Herz musste in einen speziell angefertigten Kreis gelegt werden, in dem der beschworene Dämon bleiben musste, bis das Herz verzehrt war, woraufhin er ihren Befehlen gehorchen würde. So ähnlich wie ein Gründungsopfer, aber statt eines unsterblichen Kriegers hätte sie stattdessen einen Dämonenbeschützer.

Mit einem Dämon an ihrer Seite würde es niemand mehr wagen, sie jemals wieder auszurauben.

Nun, sie hatte vier Herzen, genug um den Zauber viermal zu versuchen. Wenn sie scheiterte, dann scheiterte sie eben, aber wenn sie Erfolg h ätte…

Bevor eine Stunde vergangen war, hatte sie alles im Erdgeschoss der Mühle zusammengestellt. Ein tropfendes Herz lag auf dem Mühlstein, und der

Stein selbst war von Salz umgeben, dann Runen, die mit Herzblut geschrieben waren, und ein Ring aus brennenden Kerzen, alles umgeben von einem weiteren Salzkreis.

Eines war sicher – ob es ihr nun gelang, einen Dämon zu beschwören oder nicht, sie würde am Morgen den Boden der Mühle gründlich fegen müssen.

Jetzt musste sie nur noch die Beschwörungsformel richtig aufsagen, und ein Dämon sollte erscheinen, bereit, ihren Befehlen zu gehorchen und sie zu beschützen.

Oder er wäre so erzürnt darüber, hierher gezerrt worden zu sein, dass er sie sofort verschlingen würde, bevor er in die Hölle zurückkehrte, und William würde nie erfahren, was sie getan hatte.

Ach, wen versuchte sie zu täuschen? Es brauchte eine mächtige Hexe, um irgendetwas zu beschwören, geschweige denn einen Dämon, und sie machte sich keine Illusionen über ihre Macht. Der Zauber würde fehlschlagen, sie würde die Herzen begraben, falls sie den Zauber überlebten, und sie würde nach oben gehen, um zu schlafen oder es zumindest zu versuchen.

Schweigend las sie die Beschwörungsformel noch einmal. Grob übersetzt befahl sie einem Dämon, den Kreis zu betreten und zuzustimmen, jeden ihrer Wünsche zu erfüllen, bis zu dem Zeitpunkt, an dem sie sich entschied, ihn aus ihren Diensten zu entlassen. Es schien eine seltsame Sache zu sein, um die man bat, aber sie würde nicht mit einem Zauber argumentieren. Zumindest nicht, bis sie ein paar Mal versucht hatte, ihn auszuführen und gescheitert war.

„Gut, erster Versuch", sagte Carline, holte dann tief Luft und begann laut aus dem Buch vorzulesen.

Dreimal rezitierte sie die Beschwörungsformel.

Und... nichts. Nicht einmal ein Hauch von Rauch, geschweige denn ein großer, klobiger Dämon.

Oh, warte, da waren ein paar schwache Worte am unteren Rand der Seite, die sie vorher nicht gesehen hatte, so verblasst, dass sie kaum zu erkennen waren. Sie besagten, dass die Beschwörung so oft wiederholt werden musste wie die Zahl des Teufels, oder bis der Dämon erschien.

War die Zahl des Teufels nicht 666? Sie musste die Beschwörung hunderte Male wiederholen? Das würde die ganze Nacht dauern!

Sie starrte das Buch wütend an. Warum musste die Beschwörung eines Dämons so verdammt schwierig sein?

Sie überlegte, den ganzen Kram zusammenzufegen und in den Fluss zu kippen. Aber dies war ihre einzige Chance, das Ritual durchzuführen. Vielleicht würde sie es nicht schaffen, aber sie würde es nie wissen, wenn sie es nicht versuchte. Und sie würde sich immer fragen...

Wenn sie keinen Dämon beschwören könnte, dann würde sie die Hexerei ganz aufgeben, sagte sich Carline. Sie würde so tun, als wäre sie eine normale, sittsame alte Jungfer, die den Haushalt für ihren Bruder führt und nie wieder Magie benutzt.

Das würde ihm gefallen, nicht wahr? Allen Männern hier. Sie in eine hilflose Maus zu verwandeln, die sich als Haushälterin und Köchin und Waschfrau und dreimal verfluchte Scharfschützin abplackt.

Sie würde keine Sklavin mehr sein, die in Angst lebte. Sie würde verdammt nochmal einen Dämon beschwören, und er könnte sie beschützen, während sie schlief.

Carline begann die Beschwörungsformel erneut. Immer und immer wieder wiederholte sie sie, bis sie nicht mehr in das Buch schauen musste, um sich an die Worte zu erinnern, die für immer auf ihrer Zunge nachhallen würden.

„Ich befehle dir, Dämon..."

„Ich befehle dir!"

„Ich befehle dir, Dämon, tritt in diesen Kreis ein..."

„Ich befehle dir..."

Wut trieb sie an, erfüllte ihre Glieder mit Energie, von der sie nicht wusste, woher sie kam.

Wenn sie nicht einmal einen einfachen Dämon beschwören konnte, was für eine Hexe war sie dann? Sie hätte zu Hause bleiben und einen Apotheker heiraten sollen, oder sogar einen einfachen Arbeiter, und sie würde jetzt in einem Haus mit einem Dach leben, anstatt in einem Zelt auf Sand zu schlafen, am anderen Ende der Welt an diesem gottverlassenen Ort voller Schlangen und riesiger hüpfender Kängurus und Spinnen so groß wie ihre Hand und...

Moment, war das ein Schatten auf dem Mühlstein? Er wurde größer, wie Rauch, der von einem Feuer aufstieg, nur dass sie noch nie ein so großes Feuer außerhalb der Bonfire Night gesehen hatte, oder so viel Rauch...

Carline beendete die Beschwörung und begann von vorn, aber da war zu viel Rauch, der ihre

Kehle hinabkroch und versuchte, sie zu ersticken. Konnte nicht… atmen…

Dunkelheit ergriff sie, presste die Luft aus ihren Lungen und raubte ihr die Gedanken, bis sie nichts mehr wusste.

VIER

„Ich befehle dir, Dämon, betritt diesen Kreis …"

Vor Aufregung stockte ihm der Atem, als der Wischmopp ihm fast aus den Händen glitt. Eine Beschwörung! Oh, eine Beschwörung!

Er konnte sich nicht erinnern, wie lange es her war, seit er das letzte Mal an die Oberfläche gerufen worden war, um eine Auszeit von der Hölle zu bekommen. Es schien, als hätte er eine Ewigkeit lang die achte Ebene geputzt und auf genau so eine Gelegenheit gewartet. Endlich war sie gekommen.

Er rannte los, um als Erster am Portal zu sein. Es glühte bereits von der Kraft des Beschwörungszaubers. Wenn es seinen Höhepunkt erreichte, würde das blendend helle Portal selbst von den höchsten Ebenen der Hölle aus sichtbar sein, und jeder Dämon, jede Höllenbrut und jede verdammte Seele würde sich auf den Weg dorthin machen, zur Freiheit, die es versprach.

Schon war ein Kampf zwischen zwei Höllenbruten und einem Imp ausgebrochen. Drei weitere Imps saßen auf der anderen Seite der Höhle auf einem Höllenhund und wetteten auf den Ausgang, während sie Feuerbälle auf die Kämpfenden schleuderten.

„Habt ihr gehört, wen oder was der Beschwörer will?", fragte er die Imps.

Die Imps kicherten. „Erfüllung von Verlangen. Muss ein jungfräulicher Beschwörer sein. Wir sollten den Höllenhund durchschicken. Das wird sie lehren, nicht spezifisch zu sein."

„Schickt mich. Ich kann viel mehr Schaden anrichten als jeder Höllenhund", sagte er.

Die Imps tauschten Blicke aus, bevor einer sagte: „Gewinne den Kampf gegen die beiden da, und es gehört dir."

Zwei? Waren es nicht drei gewesen?

Er blinzelte. Der Imp hatte den Kampf verlassen und lag nun lachend am Boden, während die beiden Höllenbruten, ein Männchen und ein Weibchen, weiterkämpften. Sie hatte die Gestalt einer Harpyie angenommen und ihre Klauen tief in den Rücken des Männchens geschlagen, riss Fleischstücke heraus in ihrem Bestreben, sein Herz herauszureißen. Das kurze, stämmige Männchen, doppelt so breit wie groß, war mit einer Stachelpeische bewaffnet, die es eifrig über seine Schulter peitschte, um jeden erreichbaren Teil der Harpyie zu zerfetzen. Blutstreifen liefen über ihre Wangen, und einer ihrer Flügel war in Fetzen geschnitten, doch sie kämpfte weiter. Wer auch immer durch das Portal ging, um die Beschwörung zu beantworten, würde einen brandneuen Körper bekommen, also musste sie nur den Kampf überleben, egal wie schwer verletzt sie sein mochte.

Hätte er mehr Zeit gehabt, hätte er die beiden sich gegenseitig zerfleischen lassen und wäre dann an ihren sterbenden Körpern vorbei durch das Portal gegangen, aber das Licht wurde immer heller mit jedem Moment, den er wartete, und die eifrigen Kriegsschreie der herabsteigenden Horde wurden immer lauter.

Zum Glück hatte er den Körper eines riesigen geflügelten Teufels gewählt, geformt nach dem Abbild Luzifers selbst, um die schweren Arbeiten der achten Ebene besser ertragen zu können. Er brach den Moppstiel über seinem Oberschenkel und ging auf das kämpfende Paar zu.

Mit Armen, die von Muskelkraft strotzten vom Tragen von Leichen, riss er die beiden auseinander und schüttelte das Blut ab, das aus ihren Wunden über ihn strömte, als er sie beide auf den Boden warf. Das kürzere Stück des Moppstiels trieb er durch die Kehle der Harpyie und brachte sie zum Schweigen. Das längere Stück, an dem noch der Moppkopf hing, rammte er durch die stämmige Brust des Männchens, bis die Spitze über den Steinboden darunter kratzte. Das Männchen spuckte Blut nach ihm. „Ich wollte Menschenfleisch kosten. So süß..." Seine Worte verklangen, als sein Leichnam es tat.

Zumindest würde er diese beiden nicht aufräumen müssen - sie würden neue Körper bekommen, wenn der nächste Tag anbrach. So war die unsterbliche Existenz einer Höllenbrut.

Der Weg zum Portal war frei. Aber nicht mehr lange...

„Dem Sieger gehört die Beute!", kreischten die Imps, bevor sie sich alle vor Lachen auf dem Boden wälzten. „Los, bevor mehr kommen, und des Teufels eigenes Glück sei mit dir, Brut der Lilith!"

Er zögerte. Des Teufels eigenes Glück war das Schlimmste, was man ihm wünschen konnte, und das wusste er nur zu gut.

„Was meint ihr damit?", fragte er und stellte sich zum Kampf, bereit, wenn nötig auch gegen die Imps anzutreten.

„Da kommen sie!", riefen die Imps. Sie waren jetzt auf den Beinen, mit einem rauchenden Feuerball in jeder Hand.

Es war jetzt oder nie, Pech hin oder her. Er stürzte sich auf das Portal, mit einem halben Dutzend fliegender Feuerbälle im Nacken.

FÜNF

Der kühle Hauch einer Oberflächenbrise auf seiner Haut war dem Himmel so nah, wie er je gekommen war. Doch er hatte nicht mal einen Moment, um ihn zu genießen, denn die Feuerbälle kamen nur einen Augenblick nach ihm durch das Portal, und er musste sich flach auf den Boden werfen, um nicht ihr Ziel zu werden.

Stattdessen klatschten die Feuerbälle gegen die Wände und tauchten den Ort in gleißendes Licht. Wahrlich eine Anfängerin in der Beschwörung – niemand mit Erfahrung in dunkler Magie würde einen Dämon in geschlossenen Räumen beschwören.

Er richtete sich auf und suchte nach der Beschwörerin.

Ach, bei Luzifers linkem Hoden, wirklich eine Anfängerin – eine jungfräuliche Hexe, die ein Grimoire an ihre Brust drückte, während sie in dem Rauch hustete, der bereits die Luft erfüllte. Noch während er zusah, wurde ihr schwindelig, und sie wäre gegen die brennende Wand hinter ihr gefallen, wenn er nicht hinübergestürmt wäre, um sie aufzufangen.

Auf keinen Fall würde er zulassen, dass seine erste Beschwörung seit Jahrhunderten damit endete, dass seine neue Herrin Sekunden nach seinem Erscheinen starb. Nein, er hatte vor, so lange wie möglich hier zu bleiben, so weit weg von der Hölle wie möglich, solange sie ihn haben wollte. Aber zuerst musste er sie aus diesem Inferno herausholen, denn das wilde Feuer hatte bereits das Dach erreicht, und die ganze Struktur würde bald genug einstürzen.

Sie war ein zierliches Ding, an seine Brust geschmiegt, aber er machte nicht den Fehler, sie für schwach zu halten. Sie hatte ihn schließlich aus der Hölle beschworen, oder? Und so sehr er sich auch bemühte, er konnte ihr das Grimoire nicht aus den Fingern reißen.

Er trug sie hinaus in die Nachtluft und suchte nach einem Ort, wo er sie sicher ablegen konnte. Der Boden in alle Richtungen war ein schlammiger Morast, der aussah wie die dritte Ebene der Hölle. Nun ja, außer dass es hier keine verdammten Seelen oder dreiköpfigen Hunde gab, mit denen man fertig werden musste. Nur die kühle Nachtluft und das Plätschern der Wellen an einem dunklen Ufer.

Er suchte nach höher gelegenem Gelände, irgendwo, das trocken sein könnte, und da zeigte sich sein Glück. Auf dem Hügel, der ihre jetzige Position überblickte, stand ein Zelt, das im Mondlicht geisterhaft weiß schimmerte. Das musste das Schlafgemach seiner jungfräulichen Herrin sein, und dorthin würde er sie bringen und warten, bis sie aufwachte, damit er ihr jeden Wunsch erfüllen konnte.

SECHS

Als Carline aufwachte, brannten ihr Mund und Hals, als hätte sie heiße Asche gegessen. Verdammt, sie hatte versucht, einen Dämon in der Mühle zu beschwören, und musste irgendwie das Bewusstsein verloren haben. Sie hatte Glück gehabt, dass sie sich beim Fallen nicht den Kopf angeschlagen hatte.

Sie versuchte sich aufzusetzen, aber das Hämmern in ihrem Kopf zwang sie zurück, wo der Schmerz nur erträglich war, wenn sie flach lag und zu dem Zelttuch hinaufblinzelte.

Das konnte nicht stimmen. William musste zurückgekommen sein und sie hierher gebracht haben, was bedeutete, dass er das Chaos in der Mühle gesehen hatte, und...

„Ich kann das erklären", krächzte sie.

„Was erklären, Herrin?"

Das war nicht Williams Stimme. Sie war tiefer und dunkler, wie Sirup, der über Kies und Felsen gegossen wurde. Nicht die Stimme von irgendjemandem, den sie je gehört hatte, denn sie würde sich an eine Stimme erinnern, die sie bis in die Knochen spüren konnte.

Sie wagte es, den Kopf zu drehen, um einen Blick zu erhaschen...

„Oh Gott."

Carline kniff die Augen zu, aber es war zu spät. Sie hatte das Bild des Monsters aus dem Buch gesehen, zum Leben erweckt, aber in einem viel,

viel größeren Maßstab, als sie es sich vorgestellt hatte.

„Nein, Herrin, ich bin nicht so hoch. Nur Euer Dämon, wie befohlen."

Sie wünschte, sie könnte sich erinnern. Da war dieser Schatten gewesen, und etwas Rauch, und dann... war sie hier aufgewacht, mit einem Monster, das sich über sie beugte.

„Wie bin ich hierhergekommen?", verlangte sie zu wissen.

Er senkte den Kopf, was ihr einen besseren Blick auf seine Hörner ermöglichte. Gelockt, wie die eines Widders, aber teuflisch scharf an den Enden.

„Ich habe Euch getragen, Herrin. Das.. . Gebäude, in dem wir uns befanden, fing Feuer durch die Flammen der Hölle, die mit mir kamen, und der Rauch überwältigte Euch. Ich habe darauf gewartet, dass Ihr aufwacht, damit Ihr mir sagen könnt, was Ihr begehrt."

Ein Monster, das nach ihren Wünschen fragte. Carline spürte, wie hysterisches Lachen in ihr aufstieg, aber sie unterdrückte es. Es war besser, den Dämon nicht denken zu lassen, sie sei verrückt.

Es sei denn, sie war verrückt und bildete sich den Dämon nur ein. Er hatte tatsächlich eine unheimliche Ähnlichkeit mit der Zeichnung in ihrem Buch.

„Ich wünsche, dass du dich von mir entfernst. Dein Aussehen ist ziemlich erschreckend", sagte sie.

Seine Stirn runzelte sich. „Ich bin nicht so, wie Ihr es wünscht, Herrin? Sagt mir, was Ihr begehrt, und ich werde mich bemühen, Euch zu gefallen."

Seine Augen durchbohrten die ihren, und es fühlte sich an, als würde er in ihre Seele eintauchen. Oder jedenfalls etwas mit ihrem Inneren anstellen.

Ohne je ihren Blick abzuwenden, begann er sich zu verändern. Seine enorme Stirn und die Hörner darauf begannen zu schrumpfen, zusammen mit seiner hundeähnlichen Schnauze, bis sein Gesicht fast menschlich aussah. Seine Haut erwärmte sich von tiefem Grau zu einem Braunton, wie bei einem Arbeiter, der den ganzen Tag in der Sonne verbrachte und hart daran arbeitete, so viele Muskeln über Muskeln zu entwickeln. Sie hatte noch nie einen Mann in einem solchen Zustand der Entkleidung gesehen, und es verursachte ein seltsames Gefühl in ihrem Inneren, weiter unten als zuvor.

„Ist diese Form mehr nach Eurem Geschmack, Herrin?", fragte er. In seiner Stimme war weniger Kies, aber er hatte ihn durch Sirup ersetzt. Wenn überhaupt, resonierte sein neuer Ton noch mehr mit ihren Knochen als zuvor.

Und warum war ihr Mund so trocken? „Mein Mund schmeckt nach Asche und Rauch", sagte sie und wich seiner Frage aus.

Er neigte den Kopf. „Dann werde ich Euch etwas zu trinken holen, Herrin."

Er kehrte mit einem Becher von Williams medizinischem Brandy zurück, als hätte er wieder einmal ihre Gedanken gelesen. Carline trank ihn in drei Schlucken aus.

Ihr Hals brannte immer noch, aber diesmal auf eine gute Art.

„Wie ist dein Name, Dämon?", fragte sie.

Er schüttelte den Kopf. „Ich habe keinen Namen, Herrin."

„Jeder hat einen Namen. Die anderen Dämonen müssen dich doch irgendwie nennen", beharrte Carline.

„Ich bin ein Höllenspross, Herrin, einer von Tausenden Nachkommen von Lilith und Luzifer, alle zur gleichen Zeit geboren, um in der Hölle zu dienen. Meistens nennen sie uns alle Spawn, denn für die höheren Dämonen ist einer von uns wie der andere. Sie haben Namen, wie Lord Luzifer und Lilith und Geryon und Ananiel, aber wir nicht."

Mitleid traf sie hart, und es dauerte eine lange Weile, bis sie sich überlegen konnte, was sie darauf sagen sollte. Keine Namen. Einer von Tausenden. Sie konnte sich nicht einmal ansatzweise vorstell en...

„Nun, ich kann dich nicht Spawn nennen. Das bedeutet Kind, und ein großer, wilder Dämon wie du ist ganz sicher kein Kind", sagte sie.

Er grinste. „Nein, Herrin, die Form Eurer Wünsche ist in der Tat äußerst erfreulich. Solche Stärke und Kraft ist fast wie die Form, die ich in der Hölle bevorzuge."

Sie wagte kaum zu fragen, aber die Neugier siegte. „Wie siehst du normalerweise aus?"

Er deutete auf seinen Körper. „Ziemlich genauso wie jetzt, Herrin, nur mit Flügeln."

„Zeig es mir." Die Worte waren heraus, bevor sie wirklich darüber nachgedacht hatte.

Und da waren auch schon seine Flügel, große lederne Dinger, die kaum ins Zelt passten, mit scharfen Knochenspornen, die aus den Gelenken ragten.

„Darf ich sie berühren?", hauchte sie.

„Ich stehe zu Euren Diensten, Herrin. Ihr habt mich schließlich beschworen." Er winkelte seinen Flügel so an, dass sie nur die Hand ausstrecken und ihn berühren musste. Weich, wie das feinste Ziegenleder, und warm von der Hitze seines Körpers. Ihr Inneres machte wieder dieses verdrehte Ding, als sie sich vorstellte, mehr von ihm zu berühren, um zu sehen, ob Dämonenhaut so weich war wie seine Flügel.

Er fiel neben ihr auf die Knie und breitete seine Arme aus. „Wie möchtet Ihr, dass ich Euch zuerst Vergnügen bereite, Herrin?"

SIEBEN

„Was meinst du damit?", verlangte Carline zu wissen.

Das Gesicht des Dämons erhellte sich mit einem Lächeln, das ihn eher wie einen Engel als einen Bewohner der Hölle aussehen ließ. „Oh, du bist wirklich eine jungfräuliche Beschwörerin! Ich kann mich nicht erinnern, wann ich zuletzt jemandem so Unschuldigem gedient habe. Du hast mich beschworen, um dein Liebhaber zu sein, Herrin, um deine Begierden zu erfüllen. Wenn du eine lustvolle Entjungferung suchst, hast du definitiv den richtigen Dämon dafür beschworen! Nun, ich selbst wurde so oft entjungfert, von so vielen Beschwörern, dass ich die perfekte, schmerzloseste Art entwickelt habe, ein Mädchen in die volle Blüte ihrer Weiblichkeit einzuführen. Tatsä chlich..."

„Das ist nicht möglich! Du kannst unmögli ch... mehr als einmal entjungfert werden. Wenn du deine Blüte einmal verloren hast, ist sie weg! Und du bist ein Mann. Männer können nicht... sie haben nicht die Teile..." Oh, sie errötete. Sie konnte spüren, wie ihre Wangen brannten. Wenn William sie jetzt hören könnte, würde er denken, sie sei verrückt geworden, dass sie von solchen Dingen spräche. Sie war sich nicht sicher, ob er damit Unrecht hätte.

Der Dämon kicherte, ein tiefes Grollen, das Dinge mit ihrem Inneren anstellte. „Oh, Herrin, für Menschen mag das so sein, aber für Dämonen ist es ganz, ganz anders. Ein Körper kann nur einmal entjungfert werden, doch jedes Mal, wenn ein Dämon beschworen wird, nehmen wir die Gestalt an, die unser Beschwörer wünscht. Wenn der Meister also ein süßes junges Mädchen begehrt, dann bin ich für ihn ein süßes junges Mädchen, bis er mich in die Hölle zurückschickt. Dann muss er mich nur wieder beschwören, und ich erscheine in einem neuen Körper, genau wie er es wünscht. Tatsächlich gab es eine bestimmte Bordellmutter, die auch eine begabte Hexe war, und sie beschwor uns für ihre Kunden, diejenigen, die einen Aufpreis für diese Art von Reinheit zahlten, die man in einem Bordell selten findet."

Carlines Kopf drehte sich. „Hör auf, bitte hör auf. Soll ich verstehen, dass du ein Dämon bist, und ich dich beschworen habe, und dass du weder

Gestalt noch Namen hast, außer denen, die ich dir gebe?"

Der Dämon nickte.

„Aber... aber..." Carline suchte nach dem Buch, ergriff es, blätterte wild durch die Seiten und hielt dann die mit dem Beschwörungszauber hoch. „Aber schau! Ich habe einen Beschützer beschworen, keinen Liebhaber! Hier steht nichts von all dem!" Sie hielt das Buch so, dass er selbst die Wahrheit sehen konnte.

Der Dämon nahm das Buch vorsichtig in seine riesigen Hände und schüttelte den Kopf. „Herrin, ich kann das Abbild eines Höllenhundes auf der Seite sehen, so wie ich dir zuerst erschienen bin, aber keines dieser Symbole bedeutet mir viel. Lesen ist für höhere Dämonen und jene, die es brauchen. Ich bin nur eine niedere Höllenbrut, geschaffen für Handarbeit und was auch immer für niedere Aufgaben die Hölle und jene, die mich beschwören, für mich als passend erachten."

Sie ergriff das Buch und zeigte auf die Worte, las sie laut vor, damit er es verstehen würde. „Siehst du? Es steht hier, um einen Dämonenbeschützer zu beschwören, muss ich diese Beschwörung wiederholen, während ich außerhalb des dreifach verzauberten Kreises um das Herzblut meines Verwandten stehe."

Er schüttelte den Kopf. „Herrin, wer auch immer solche Dinge in dein Buch geschrieben hat, lag falsch. Diese Beschwörung hier, bei der du einen Dämon aufforderst zu kommen und dein Verlangen zu erfüllen, ohne den Dämon zu be nennen... nun, das sind die Worte, um dir einen Liebhaber zu bringen. Ich habe sie oft genug gehört, denn es ist die einzige Beschwörung, auf die eine niedere Höllenbrut antworten kann.

Meine einzige Chance, die Hölle zu verlassen, wenn auch nur für kurze Zeit. Also kenne ich diese Worte wie einen Segen aus dem Himmel, Herrin, und die Freude, deinem Ruf zu folgen... wie du mir befiehlst, werde ich tun, was immer du verlangst. Alles, damit ich ein wenig länger hier bleiben kann. Jede Lust, die du begehrst, du musst sie nur nennen, und ich werde sie dir geben." Er fiel auf die Knie, seine Oberschenkelmuskeln wölbten sich unter seinem Gewicht.

Ein Bein war leicht so breit wie sie selbst, dachte Carline. Auf seinem Schoß zu sitzen, wäre so geräumig wie jeder Stuhl, und wenn er diese starken Arme um sie legen würde... sie wusste, sie wäre sicher. Niemand sonst könnte sie berühren.

„Was ist dein Befehl, Herrin?", grollte er.

„Beschütze mich", sagte sie. „Beschütze mich vor all den skrupellosen Männern in dieser Kolonie, die mich oder das Eigentum meines Bruders für sich beanspruchen würden. Beschütze mich vor denen, die mir schaden würden, und ich werde dich an meiner Seite behalten, fern der Hölle, solange es in meiner Macht steht."

„Bis du mich entlässt oder einer von uns stirbt, Herrin. So funktioniert eine Beschwörung normalerweise", sagte er.

Carline nickte. „Gut. Beschütze mich, und du darfst bleiben, solange ich lebe."

Er verbeugte sich tief. „Es wird mir ein Vergnügen sein, Herrin."

ACHT

Den ganzen ersten Tag und bis spät in die Nacht hinein verlor Carline den Überblick darüber, wie oft sie sich dabei ertappt hatte, den Dämon anzustarren, während er Wache hielt oder an Mr. Shentons Grenzen patrouillierte. Er hatte sich aus einem Stück verbranntem Stoff, das er aus der Asche geborgen hatte – alles, was von der Mühle übrig geblieben war –, eine Art Lendenschurz gemacht, und das war alles, was er trug, als er Asche über die verbliebenen Blutflecken streute, die sie letzte Nacht nicht hatte wegwaschen können.

Als Hauptmann Ellis vom Regiment in den Mühlteich ruderte, um sich nach ihrem Wohlergehen zu erkundigen, konnte sie ihm eine zusammenhängende Geschichte erzählen: Sie sei in der Mühle mit einer brennenden Kerze eingeschlafen und habe sie im Schlaf umgestoßen. Wenn nicht der neue Arbeiter der Mühle – sie deutete in Richtung des Dämons – so geistesgegenwärtig gewesen wäre, hätte sie zusammen mit der Mühle verbrennen können. Der Arbeiter habe all seinen Besitz und sogar seine Kleidung in den Flammen verloren, während der arme Mann die halbe Nacht damit beschäftigt gewesen sei, das Feuer zu löschen.

Natürlich hatte der Dämon genau diesen Moment gewählt, um sich dem Gespräch anzuschließen, was Vorstellungen nötig machte. Mr. Hellspawn war kaum ein Name, den sie Hauptmann Ellis nennen konnte, und irgendwie hatte ihre stolpernde Zunge daraus Mr. Bell, Sean Bell gemacht. „Das ist Hauptmann Ellis, Hauptmann des Regiments", schloss sie ab und hoffte, die Männer würden sich die Hände schütteln und es dabei belassen.

Der Dämon zauberte ein warmes Lächeln hervor und schüttelte dem Hauptmann kräftig die Hand. „Es ist mir eine Freude, Hauptmann Ellis. Jeder Freund der Herrin ist auch mein Freund."

Carline runzelte die Stirn. „Mein Name ist Miss Steel, Sean, und so musst du mich nennen. Ich bin niemandes Herrin." Sie wünschte, ihre Wangen würden bei dem Gedanken daran nicht so heiß werden. Vielleicht war es das Werk des Dämons, dass sie errötete, wie er da stand und wie ein fast nackter Mann aussah, mit all diesen Muskeln über Muskeln.

Der Dämon senkte den Kopf. „Ja, Miss Steel. Natürlich, Miss Steel."

Hauptmann Ellis' Blick glitt von Carline zum Dämon und wieder zurück, als könnte er ihre Gedanken lesen und würde sie missbilligen. Natürlich tat er das. Männer durften nach Frauen gieren und sie wie Eigentum behandeln, aber für eine Frau war es viel zu gefährlich, auch nur einen lüsternen Gedanken über einen Mann zu haben, wie unschuldig auch immer.

„Mr. Bell, angesichts dessen, dass Sie all Ihre Sachen verloren haben, als Sie Miss Steel hier halfen, bin ich sicher, wir können Ihnen einige Kleidungsstücke besorgen, die Ihnen passen könnten. Einer der Männer im Regiment muss etwas haben, das Ihnen passt. Ich werde mich sofort darum kümmern." Ohne ein weiteres Wort drehte er sich auf dem Absatz um und ging zurück zu seinem Boot.

Als der Mann auf halbem Weg über den Fluss und außer Hörweite war, wagte sie es, wieder zu sprechen. „Du darfst niemandem sagen, was du bist oder woher du kommst. Wenn jemand herausfindet, dass ich einen Dämon beschworen habe, werden sie mich sicher verbrennen oder hängen, und du wirst zurück in die Hölle geschickt. Sie müssen denken, du seist ein normaler menschlicher Arbeiter."

Der Dämon strahlte. „Oh ja, Miss Steel. Mr. Sean Bell, wie Sie mich genannt haben. Mein allererster, respektabler menschlicher Name. Er geht einem geradezu leicht von der Zunge. Sean. Mr. Sean Bell. Es wird mir jedes Mal einen Schauer der Freude bereiten, wenn ich Sie ihn sagen höre,

Herrin. Ich meine... Miss Steel." Er senkte seine Stimme zu einem Flüstern. „Es hat auch andere Vorteile. Sollte ich in Ihrem Dienst getötet und zurück in die Hölle geschickt werden, haben Sie nun einen Namen, mit dem Sie mich beschwören können. Anstatt also irgendeinen Dämon zu rufen, können Sie sicher sein, dass ich kommen werde, wenn Sie rufen."

Er verbeugte sich und kehrte dann zu seiner Patrouille zurück.

Carline beobachtete ihn, wie sich diese Muskeln in seinen Beinen bei jedem mühelosen Schritt bewegten, die Arme pumpten und all diese Muskeln in seinem Rücken flexten, die sie bei einem Mann noch nie wirklich bemerkt hatte, von denen sie jetzt aber den Blick nicht abwenden konnte.

Ihn wieder beschwören? Verdammt, sie war sich immer noch nicht sicher, wie sie es geschafft hatte, ihn einmal zu beschwören. Und der Gedanke, dass er in ihrem Dienst sterben könnte, selbst wenn er sie beschützte... nein, daran wollte sie nicht einmal denken. Nein, Mr. Sean Bell, ehemals höllischer Dämon, würde nirgendwohin gehen, wenn sie etwas zu sagen hatte.

Oh, und da kam er schon aus den Büschen und marschierte dieses Mal auf sie zu. Diese Brustmuskeln und die Wellen auf seinem Bauch... nun, sie waren fast hypnotisch. Es dauerte jedenfalls einen langen Moment, nachdem er an ihr vorbeigegangen war, bis sie das Bild aus ihrem Kopf bekam und sich daran erinnerte, was sie eigentlich gerade getan hatte.

NEUN

Er marschierte durch ihre Träume, nur mit einem Lendenschurz bekleidet, obwohl Hauptmann Ellis ihm Hemden, Hosen und Stiefel gebracht hatte. Er hatte auch Hörner, die sich in ihrem Haar verfingen, als er sie küsste und seinen harten, muskulösen Körper gegen ihren presste. Sie trug nichts als ein dünnes Nachthemd, das er mit einem Schwung seiner Klauen von ihr riss, bevor seine Hände sich über ihre Brüste legten und sanft zudrückten, während ihr der

Atem stockte, weil sie jemand an einer so intimen Stelle berührte.

Dann glitt seine Hand tiefer, über ihren Bauch und zwischen ihre Beine, zu einem noch geheimeren Ort. Die Hitze seiner Hand drang in sie ein, während sie ihn gleichzeitig willkommen hieß und ihre Beine weiter öffnete... bis eine Art Explosion der Lust sie durchfuhr und sie auseinandersprengte, während sie vor Freude schri e...

„Miss Steel, Miss Steel! Was wünschen Sie?"

Sie öffnete die Augen und sah den Dämon – Sean – über sich gebeugt, seine Augen reflektierten die Flamme der Laterne, die er hielt.

Dich, nackt in meinem Bett, wollte sie sagen, aber sie wagte es nicht. Gott sei Dank war es nur ein Traum gewesen.

„Nichts, Sean, nichts. Ich habe geschlafen", sagte sie stattdessen.

Er runzelte die Stirn. „Aber Sie haben meinen Namen gerufen, Miss Steel. Sie haben ihn mit solcher Dringlichkeit geschrien, dass ich Ihrer Beschwörung nicht widerstehen konnte. Ich kann Ihre Erregung riechen, Miss Steel – ist es Lust, die Sie begehren? Sagen Sie es mir, und ich werde sie Ihnen die ganze Nacht geben, wenn das Ihr Wunsch ist."

„Seien Sie nicht lächerlich. Ich bin nicht verheiratet, und ich werde Jungfrau bleiben, bis ich heirate oder sterbe, wie es sich gehört. Ich könnte so etwas unmöglich tun. So etwas macht man einfach nicht."

Der Dämon lachte leise. „Miss Steel, ich versichere Ihnen, ich habe viele tugendhafte Jungfrauen gekannt, die eine Menge Vergnügen erlebt haben, bevor sie je das Ehebett erreichten. Es gibt tausend Möglichkeiten, eine Frau zu erfreuen, wie mir einst ein alter Eunuch erzählte, und die meisten davon hinterlassen keine Spuren, außer dem Lächeln auf ihrem Gesicht und dem schnellen Schlagen ihres Herzens. Tatsächlich habe ich einmal über neunhundert davon mit einer Vestalin ausprobiert, die als virgo intacta starb. Ich kann es Ihnen zeigen, wenn Sie möchten."

Neunhundert? Gütiger Gott, was um Himmels willen konnte er damit meinen?

„Ich stehe zu Ihren Diensten, Miss Steel", erinnerte er sie.

Sie wollte... sie wollte so sehr ja sagen, aber sie wagte es nicht.

Stattdessen schüttelte Carline den Kopf. „Sean, ich brauche Sie, um mich zu beschützen, sonst kann ich nicht schlafen. Bitte sprechen Sie nicht von solchen Dingen. Ich wage es nicht einmal, daran zu denken."

Er neigte den Kopf. „Wie Sie wünschen, Miss Steel."

Und er war verschwunden.

Sie blieb zurück und wagte es, sich zu fragen, wie es möglicherweise neunhundert Arten geben konnte, eine jungfräuliche Frau zu erfreuen, wo sie sich nicht einmal zehn vorstellen konnte...

[illegible] es nicht [illegible],

darum zu denken.

Er möchte dem [illegible]... Wie Sie wünschen, Miss [illegible]

[illegible]

[illegible]

[illegible]

[illegible]

ZEHN

„Miss Steel! Sie haben nach mir gerufen. Was soll ich für Sie tun?"

Carline öffnete ihre Augen und keuchte. Diesmal war ihr Traum viel, viel weiter gegangen. Sie hatte Sean in ihr Bett genommen und er hatte... sie hatte... und... sie war sich nicht einmal sicher, ob verheiratete Paare DAS taten. Aber oh, wie sehr sie es wollte...

„Ich brauche deinen Schutz, Sean", brachte sie hervor, ihre Stimme erstickt von all den Worten, die sie sagen wollte, aber nicht wagte. Sie brauchte seinen Schutz vor sich selbst und all den sündigen Gedanken und Begierden, sowie vor jedem anderen, der auftauchen und ihr Schaden zufügen könnte.

„Ich beschütze Sie, Miss Steel. Tatsächlich werde ich, sobald jemand Ihre Schutzzauber überschreitet, hinausstürmen und sie herausfordern, Sie mit meinem Leben verteidigen, aber das kann ich von überall auf dem Grundstück aus tun. Vom Mühlteich unten... oder direkt hier, in Ihrem Zelt, wo ich über Sie wachen kann, wenn Sie es wünschen."

Sie beobachten, wie sie sich im Schlaf wand, ihre Unterhose durchnässte, während sie seinen Namen stöhnte? Verdammt, nein, das konnte sie nicht ertragen. Das wäre fast so schlimm, wie ihren Begierden nachzugeben und ihm zu erlauben, ihr Bett zu teilen...

„Ich kann nicht", jammerte sie.

Sean fiel neben ihr auf die Knie, legte dann seine Hände auf beide Seiten ihrer Taille, als er sich über sie beugte. „Du kannst, weil du dir das genauso sehnlich wünschst wie ich. Ich kann deine Begierden spüren, während ich die Gestalt annehme, die sie am besten befriedigt."

Oh Gott, er hatte sogar seine Hörner zurück - die, von denen sie geträumt hatte, sie in ihren Händen zu halten, während er... während er...

Er streifte ihre Unterhose ihre Beine hinunter und warf sie beiseite.

Sie wimmerte und wünschte, sie hätte die Kraft, nein zu sagen, wenn doch jeder Teil ihres Wesens JA schrie.

„Willst du wirklich, dass ich dein Nachthemd zerreiße?", fragte er.

In ihren Träumen hatte er das getan, aber sie besaß nicht viele, und gutes Leinen war in der Kolonie schwer zu bekommen, also hob Carline widerwillig das Kleidungsstück über ihren Kopf und warf es beiseite.

Nackt wie am Tag ihrer Geburt konnte sie nic ht... sie konnte nicht...

„Komm und setz dich auf meinen Schoß, Miss Steel."

Er hatte sich umgesetzt, um auf dem Stuhl neben ihrem Bett zu sitzen, und er klopfte auf seinen Schoß. Zumindest trug er noch eine Hose, war nicht nackt wie in ihren Träumen.

Zögernd setzte sie sich auf sein Knie.

Starke Hände ergriffen ihre Taille, drehten sie herum, sodass sie rittlings auf seinem Schoß saß, anstatt seitlich. Sie konnte seine Hitze und Härte zwischen ihren Beinen spüren, selbst durch seine Hose hindurch.

„Halte dich an meinen Hörnern fest", befahl er und senkte seinen Kopf.

Sie waren so heiß und hart wie der Rest von ihm, die Rillen machten es sehr einfach, sie festzuhalten.

„Jetzt reite mich, Miss Steel, reite mich hart, so wie ich weiß, dass du es willst."

Hitze schoss in ihre Wangen, in ihren Bauch, in jeden Teil von ihr, als sie es wollte, aber nicht wagte. Oh, wie konnte er so etwas wissen?

„Sie haben mich beschworen, um Ihre Begierden zu erfüllen, Miss Steel, und ich kenne Ihre Begierden besser als Sie selbst."

Oh Gott oh Gott oh Gott...

Die Hände des Dämons packten ihre Hüften und rieben sie gegen ihn, vor und zurück, während sie sich um ihr Leben festhielt. Dann schloss er seine Lippen um ihre Brustwarze und begann zu saugen. Ein Blitz schien durch sie hindurchzuschießen, von ihrer Brust bis in ihr Innerstes.

„Sean... oh, Sean...", schluchzte sie, verloren in der Empfindung. Nicht einmal in ihren Träumen hatte sich etwas so gut angefühlt.

„Reite härter, Miss Steel. Schneller."

Der raue Stoff zwischen ihren Beinen, die heiße Härte darunter, die immer schneller gegen die zartesten, privatesten Teile von ihr rieb...

Carline würde auseinanderfliegen, entzweigespalten von der Hitze zwischen ihren Schenkeln. Seine böse, böse Hitze...

Und dann schrie sie seinen Namen, und nichts würde je wieder so sein wie zuvor.

ELF

Carline erwachte im schwachen Licht der Morgendämmerung, Seans starke Arme hielten sie sicher an seine Brust gedrückt. Geborgen. Beschützt. Befriedigt. Oh, was für eine wonnevolle Nacht. Sie wünschte nur, sie könnte für immer mit ihm im Bett bleiben.

„Miss Steel, ich muss Sie um einen Gefallen bitten. Bevor das klare Tageslicht die Reue und Erkenntnisse mit sich bringt, die oft mit einem harschen Erwachen einhergehen, möchte ich Sie noch einmal verwöhnen. Damit ich, falls Sie sich entscheiden sollten, mich nach der letzten Nacht aus Ihren Diensten zu entlassen, zumindest weiß, ob Sie genauso gut schmecken, wie Sie duften. Erlauben Sie mir, Sie noch einmal zu verwöhnen, Miss Steel."

Seine Hände streichelten ihre Schenkel, und sie öffnete sich für ihn, bereit und begierig auf alles, was er als Nächstes mit ihr tun wollte.

„Erlauben Sie es mir, Miss Steel?"

„Oh ja." Sie war überrascht, wie atemlos vor Verlangen die Worte herauskamen. Hatte eine Nacht in Seans Armen sie in eine Lustvolle verwandelt? Und doch war sie immer noch Jungfrau, so versicherte es ihr Sean zumindest.

Aus Streicheln wurden Küsse, als er ihre Beine über seine Schultern hob. Er atmete tief ein und suchte dann ihren Blick. „Sie duften so süß, ich kann kaum noch widerstehen." Seine Zunge schnellte hervor, lang und gespalten, und leckte über seine Lippen. „Halten Sie sich an meinen Hörnern fest, Miss Steel."

Sie gehorchte.

Und dann durchbohrte er sie mit seiner Zunge.

Erst wimmerte sie, dann stöhnte sie, und als seine Finger in perfekter Harmonie mit seiner sündigen Zunge zu arbeiten begannen, stockte ihr der Atem in der Kehle. Sie konnte nicht entkommen, als sie spürte, wie sich eine lustvolle Explosion in ihr aufbaute, eine, die sie nicht aufhalten konnte und wollte, denn die Empfindungen begannen sie zu überwältigen.

Ihn wegschicken? Sie wollte Sean für immer in ihrem Bett behalten und die Laken selbst nie wieder verlassen.

Sie hörte ihre Stimme seinen Namen schreien, aber sie war zu verloren in ihrer eigenen seligen

Erlösung, um sich darum zu kümmern, welche Geräusche sie von sich gab. Und Sean... Sean hörte nicht auf, seine Finger brachten ihren zitternden Körper bereits an eine weitere steile Klippe, von der sie keine andere Wahl hatte, als in die Glückseligkeit zu fallen.

Einmal, zweimal, dreimal schrie sie seinen Namen, bevor er ihren bebenden Schoß ein letztes Mal genüsslich leckte und sagte: „Sie haben den süßesten Nektar, den ich je gekostet habe, Miss Steel. Wenn ich ihn nur jeden Morgen meines Lebens schmecken und Sie vor Freude meinen Namen schreien hören könnte, würde ich mich im Himmel wähnen."

„Ja", sagte sie und hielt seine Hörner immer noch fest umklammert, weil sie nicht loslassen wollte. „Wenn du mich jeden Morgen so weckst, werde ich dich nie wegschicken wollen, solange ich lebe."

Er zog seine Hörner aus ihren Händen und wischte sich mit dem Handrücken den Mund ab. „Also soll ich Sie einen weiteren Tag beschützen, Miss Steel?"

„Für immer, Sean", schwor sie.

ZWÖLF

Jede Nacht schlief Carline in Seans Armen ein, und jeden Morgen wachte sie von seinen Küssen auf ihren Schenkeln auf. Beschützer und Geliebter in einem... sie wünschte, sie hätte schon vor langer Zeit einen Dämon beschworen, denn nie zuvor hatte sie sich so gut beschützt, so sicher, so geliebt gefühlt. Und es wurde nie langweilig, denn jede Nacht überraschte er sie mit neuen Wegen, ihr Vergnügen zu bereiten, und ließ sie atemlos nach mehr verlangen.

Bis sie eines Nachts in der Dunkelheit aufwachte, lange vor Tagesanbruch, mit Seans Hand über ihrem Mund.

Einen Moment später spürte sie das Kribbeln des Alarms, das durch ihren Körper lief.

Die Schutzzauber. Jemand hatte die Schutzzauber ausgelöst. Jemand war hier, und er wollte ihr Böses.

Sie beeilte sich, Jungenkleidung anzuziehen, während Sean, der noch seine Hose trug, in die Nacht hinausschlüpfte.

Carline wagte es nicht, eine Laterne anzuzünden, also musste sie das Gewehr im Dunkeln ertasten und laden. Sie betete, dass sie nicht schießen müsste, denn Gott allein wusste, ob sie es richtig geladen hatte. Vielleicht würde der Anblick eines auf ihn gerichteten Gewehrs ausreichen, um den Eindringling zu verscheuchen.

Oder dass Sean sich um ihn kümmern würde und sie niemanden erschießen müsste.

Sie stürzte aus dem Zelt, direkt in seine Arme.

Nur waren diese Arme nicht Seans, sie schlangen sich wie Seetang fest um sie und zogen sie an seinen dürren Körper. Hände entrissen ihr das Gewehr, bevor sie auch nur daran denken konnte, es auf jemanden zu richten.

„Na, ein Gewehr ist ein gefährliches Spielzeug für einen Jungen. Das nehm ich mal, Bürschchen."

Derjenige, der sie festhielt, schüttelte sie. „Das ist kein Junge, Sir, auch wenn sie wie einer in Weste und Hose gekleidet ist. Ich kann ihre Titten direkt durch die Weste spüren." Seine Finger gruben sich in ihre Brust, bis sie vor Schmerz aufschrie.

„Ein Mädchen, also? Vielleicht die Herrin der Mühle, von der Ellis sagte, sie könnte entgegenkommender sein als der Mann, dem die Mühle flussaufwärts gehört?" Eine Hand packte ihr Kinn und hob ihr Gesicht im Licht der Laterne, die er aufgedeckt hatte. „Sie ist eine Gewöhnliche, das ist sicher. Eh, Müllersfrau, was sagst du zu einem Deal? Du gibst uns die Vorräte, die wir brauchen, und niemand muss verletzt werden."

Carline trat dem Grobian, der sie festhielt, auf den Fuß und trat ihm dann hart gegen die Schienbeine, hart genug, dass er sie losließ. „Sean, Sean, hilf mir!" schrie sie.

Aber Sean erschien nicht, und die beiden Männer fingen sie bald wieder ein.

„Ellis sagte, der Ehemann sei flussaufwärts, also wer ist der Kerl, nach dem sie ruft, eh?"

„Die gerissene Hexe muss die Nachbarn rufen oder versuchen, uns Angst einzujagen, indem sie so tut, als wäre der Ehemann zu Hause." Er schüttelte sie, bis ihre Zähne schmerzten. „Schluss mit dem Unsinn, Weib. Nun, wer ist noch hier in der Mühle bei dir?"

„Sean, der Hilfsarbeiter. Er ist so groß wie ein Ochse, mit der Kraft eines Ochsen, und wenn er sieht, wie ihr mich bedroht, wird er euch aufspießen und zertrampeln wie ein wütender Bulle, und das ist keine Lüge. Wenn ich ihr wäre, würde ich weglaufen, so schnell ich kann, und uns in Ruhe lassen!" schnauzte Carline.

Der Schlag kam aus dem Nichts und traf ihre Wange so hart, dass sie fürchtete, er hätte sie gebrochen.

„Genug mit deinem Getöse. Wir brauchen Mehl, und du wirst es uns geben, und wir werden keine sechs Schilling pro Pfund zahlen, wie der andere Müller es von uns verlangt hat. Nun, wo ist dieser Mann von dir, damit er das Mehl für uns ins Boot laden kann?" Er erhob seine Stimme. „Sean, deine Herrin braucht dich! Komm raus, schön langsam und einfach, und ihr wird nichts geschehen. Denn wenn du dich in den Büschen versteckst und einen Hinterhalt oder so etwas planst, werden wir gelangweilt, und wir werden uns von deiner Herrin unterhalten lassen. Aber wenn du uns hilfst, lassen wir dich vielleicht auch die Herrin kosten. Das würde dir gefallen, nicht wahr? Nicht genug Frauen in dieser Kolonie - aber ein Freidreh mit der Müllersfrau muss besser sein als eine pockennarbige Hure zu vögeln!"

Carlines Blut gefror in ihren Adern. Gott, sie hatte so viel ihres Lebens damit verbracht, ihre Ehre zu schützen, und hier war ein Paar

Raufbolde, die mit ihrem Körper und ihrer Jungfräulichkeit handelten, als wäre sie ihr Eigentum. Das war nicht zu ertragen.

Sie hätte ihren Körper lieber Sean gegeben, denn zumindest hätte er ihr genauso viel Vergnügen bereitet wie sich selbst.

Wenn sie hier lebend herauskäme, würde sie Sean zu ihrem Geliebten machen, das versprach sie sich.

„Für sechs Schilling pro Pfund hätte uns der andere Müller seine Frau anbieten sollen. Hätte den Deal vielleicht etwas versüßt."

„Mir gefällt dieser Deal besser. Wir nehmen alles Mehl hier, und unser Vergnügen an der Müllersfrau, und wir lassen sie am Leben."

„Aber was, wenn sie jemandem erzählt, was wir getan haben, Sir?"

„Oh, sie wird niemandem etwas erzählen. Denn wenn sie es tut, kommen wir zurück, um sie zum Schweigen zu bringen. Und sowieso würde ihr niemand glauben. Wir werden sagen, wir hätten für das Mehl und den Tummel in ihrem Bett bezahlt, und wenn sie ihrem Mann das Geld nicht zeigen kann, nun, wahrscheinlich hat sie es für irgendwelchen Tand ausgegeben, den Frauen wie sie mögen. Nicht unsere Schuld."

„Das ist clever, Sir."

Der Mann, der die Laterne trug, straffte die Schultern, als spürte er das Gewicht des Kompliments des anderen Mannes.

„Nun, wie wäre es, wenn die Missus hier und ich anfangen, während wir darauf warten, dass dieser Arbeiter aufwacht. Besser, du ziehst diese Weste aus, damit ich deine Titten sehen kann, Missus."

Lange, dünne Finger kratzten an den Knöpfen ihrer Weste.

Carline kämpfte, aber der andere Mann hielt sie fest. Es gab keinen Ausweg.

„Sean!" schrie sie.

Die beiden Männer lachten nur. Keiner von ihnen machte Anstalten, sie zum Schweigen zu bringen, als ob sie entweder nicht erwarteten, dass Sean sie hören würde, oder es ihnen einfach egal war.

„Diese Titten sind winzig! Kaum eine Handvoll! Bist du sicher, dass sie kein Junge ist?"

„Zieh ihr die Hose aus, Sir, dann sehen wir, ob sie eine Spalte oder einen Schwanz hat."

Carline schrie erneut.

DREIZEHN

Sean steuerte auf das Wasser zu, wo er wusste, dass die Männer Miss Steels Schutzkreis überschritten hatten. Tatsächlich standen dort drei Männer und ein Boot herum, als würden sie auf etwas warten.

Sean grinste. Sie wussten es vielleicht nicht, aber sie warteten auf ihr Verderben in Gestalt von ihm. Genauer gesagt, einer Ausgeburt der Hölle.

Den ersten erwischte er überraschend und schickte ihn mit einem einzigen Schlag zu Boden. Die anderen beiden sahen ihren Kameraden fallen und drehten sich zur Verteidigung gegen ihren Angreifer um. Einer zog eine Klinge, während der andere zitternd eine Pistole zog.

Der mit der Pistole war näher. Sean entfaltete seine Flügel und stürzte sich auf den Mann, wobei er ihn und die Pistole zu Boden warf. Nur dass… der Mann nicht zuerst auf dem Boden aufschlug, denn da war Wasser im Weg. Er ging unter, Sean auf ihm, und Sean drückte mit seinem ganzen Gewicht nach unten, hielt den Mann unter der Oberfläche, bis er gezwungen war, Flusswasser zu atmen. Kostbare Sekunden verstrichen, bis der Mann erschlaffte, und der letzte Mann war fast über ihm, die Klinge gefährlich nah an Seans Flügeln.

Nur seine Angst, gegen einen Dämon zu kämpfen, hielt den Mann in Schach, und Sean wusste, dass ihm nicht viel Zeit blieb.

Die Pistole glänzte im Mondlicht, und Sean ergriff sie, richtete die Mündung auf den Mann.

Hoch gingen seine Hände, samt der Klinge.

Und gaben Sean eine saubere Schussbahn, die er natürlich nutzte. Er mochte ein Dämon sein, aber kein Narr. Der letzte Mann, mit einem Kopfschuss, fiel zu seinen Gefährten ins Wasser.

Erst dann hörte er Miss Steels Schrei.

Kein Freudenschrei, wie die anderen, für die er verantwortlich gewesen war, sondern ein Schrei der Angst.

Es waren mehr als drei Männer, und einer von ihnen bedrohte gerade Miss Steel.

Mit der Pistole in der einen und der Klinge in der anderen Hand stürmte Sean durch das Gebüsch.

Einer der Schläger hielt Miss Steels Arme fest hinter ihrem Rücken, während der andere eifrig versuchte, ihre Hose zu öffnen. Ihre Weste hing aufgeknöpft und entblößte ihre Brüste für alle sichtbar.

Die Pistole und die Klinge fielen ihm aus den Fingern. Er war Miss Steels dämonischer Beschützer, und sie würden den Zorn eines Dämons zu spüren bekommen.

Mit einem Flügelschlag erhob sich Sean in die Luft.

VIERZEHN

Carline schloss die Augen. Vielleicht würde sie sich nicht daran erinnern, wenn sie in Ohnmacht fiele. Die Hände dieses Fremden auf ihrer Haut, sein übler Atem in ihrem Ohr, die Gier, die seine Augen in einem unheiligen Licht erstrahlen ließ…

Eine kühle Brise strich über ihre Brüste und ließ sie erschaudern. Die Hände, die an ihrer Hose fummelten, zogen sich zurück, als hätte er beschlossen, ein Messer zu ziehen, um den Stoff zu zerreißen, anstatt die Knöpfe zu öffnen.

Bitte nicht.

Dann trat der Mann, der sie festhielt, zurück, sodass sie statt seines schnellen Herzschlags an ihrem Rücken nur noch seine Hände spürte, die ihre Handgelenke umklammerten, bis auch diese losließen.

Hände landeten auf ihren Schultern. Größer, wärmer, stärker als jeder Teil ihrer Angreifer.

„Sean?", flüsterte sie, kaum dass sie es wagte zu hoffen.

„Geht es Ihnen gut, Miss Steel? Haben sie Ihnen wehgetan?"

Sie begann den Kopf zu schütteln, zuckte dann aber zusammen, als ihre geprellte Wange schmerzte. „Nur ein wenig. Sind sie...?"

„Nein, warten Sie..."

Sie öffnete die Augen in der Hoffnung, die Männer vor ihr auf den Knien zu sehen, mit Sean über ihnen stehend. Stattdessen sah sie… ein Bein, am Knie abgerissen, das neben einem Kopf lag, der aussah, als wäre er abgerissen worden. Zwei Arme lagen hinter ihr auf dem Boden, wie eine Art grausiges Kreuz, das ein letzter Verteidiger in einem verzweifelten Versuch gemacht hatte, seine Seele zu retten. Der Rest des Mannes lag in einem Haufen, seine Brust aufgerissen und zeigte, was einmal sein Herz und seine Lungen gewesen waren, bevor Seans Klauen sie zerfetzt hatten.

„Miss Steel, wenden Sie Ihre Augen ab. Dies ist ein normaler Arbeitstag für Level Acht in der Hölle, und ich werde es im Nu aufgeräumt haben."

Aber sie konnte den Blick nicht abwenden. Die Männer, die sie hatten ausrauben und vergewaltigen wollen, waren nicht mehr. Sean hatte gründlichere Arbeit geleistet als sie, bei beiden

Malen, als sie angegriffen worden war. Er brachte die Leichen zum Fluss, wo die Männer ein Boot an Land gezogen hatten, und fügte diese Teile zu den drei Leichen hinzu, die bereits unter den Duchten lagen. Dann ruderte er das Schiff in die Strömung. Als das Boot flussabwärts zu treiben begann, sprang er auf, seine Flügel fingen die Luft, während er eine Axt schwang. Ein-, zwei-, dreimal schlug er zu, bis das Boot zu sinken begann. Erst dann machte sich Sean auf den Weg zurück zum Ufer, zu ihr.

„Kommen Sie zurück zum Zelt, wo Sie schlafen können", sagte Sean. „Ich werde hier fertig aufräumen, sodass morgen früh niemand je wissen wird, dass sie hier waren."

Aber Carline konnte nicht schlafen. Sie beobachtete Sean, wie er den Boden fegte, mit der Effizienz eines Mannes, der täglich mit Blut und

Eingeweiden zu tun hatte. War das sein Leben in der Hölle, das ihn so begierig machte, hierher zu kommen? Selbst wenn er gerufen wurde, um die dunkelsten Begierden der Menschen zu befriedigen? Ganz ähnlich wie diese beiden toten Männer es mit ihr versucht hatten.

Sie und Sean waren ähnliche Seelen - beide Sklaven der Wünsche und Launen anderer, nie erlaubt, ihren eigenen Begierden nachzugeben, ihr eigenes Leben zu leben.

Er hatte ihr Leben gerettet, und sie schuldete ihm... alles. Zu allererst würde sie alles in ihrer Macht Stehende tun, um ihn hier bei sich zu behalten und weit weg von der Hölle.

Er kam vom Mühlteich zurück, tropfnass, als hätte er seinen ganzen Körper ins Wasser getaucht. Wasser rann an seinen Muskeln herab und glitzerte im Mondlicht.

Sie hätte heute Nacht sterben können. Nur dank Sean stand sie noch hier. Ein Mann, ein Dämon, ein Held.

„Lassen Sie mich Sie ins Bett bringen, Miss Steel, wo ich verspreche, Sie in Sicherheit zu halten", sagte er und streckte seine Arme aus.

FÜNFZEHN

Sean hob sie hoch und staunte, wie leicht sie sich in seinen Armen anfühlte. Er hatte noch nie eine menschliche Frau getroffen, die ein solches Blutbad mit einer so ruhigen Miene betrachten konnte. Oh, er kannte Dämonen, die das konnten, aber Miss Steel war eine menschliche Hexe, eine Hexe mit einem so zarten Herzen, dass sie ihm einen Namen gegeben hatte und eine Gestalt, die seiner eigenen so ähnlich war, als hätte sie seine Wünsche gelesen, anstatt dass er ihre las, wie es zu erwarten gewesen wäre.

Sie schlang ihre Arme um seinen Hals und zog seinen Kopf herunter. Er erkannte ihre Absicht-en erst, als ihre Lippen die seinen zu einem Kuss trafen, ihre Zunge mit seiner tanzte, als wolle sie ihn verführen.

Sean unterdrückte ein Lachen. Sie musste ihn nicht verführen - sie brauchte nur zu fragen, und er würde alles tun, was sie befahl. Er musste allerd-ings zugeben, dass er noch nie einem Beschwör-er gedient hatte, dem er halb so bereitwillig gehorchte wie Miss Steel.

„Bring mich ins Bett, Sean. Ich bin müde. Müde davon, eine tugendhafte alte Jungfer zu sein, eine Jungfrau nach jedermanns Laune, nur nicht nach meiner eigenen. Und dann, wenn du meine Jungfräulichkeit in Millionen Stücke zer-schmettert hast, möchte ich, dass du mir deine

Wünsche erzählst, und wir werden sehen, ob ich einen davon erfüllen kann."

Er konnte nicht glauben, was er da hörte. So funktionierte das nicht.

„Miss Steel, sind Sie sicher? Haben Sie vielleicht einen Schlag auf den Kopf bekommen? Sie können nicht klar denken. Sie sagten, Sie wollten eine tugendhafte Jungfrau bleiben, bis zu dem Tag, an dem Sie sterben oder bis zu Ihrer Hochzeitsnacht. Ich erinnere mich sehr gut daran. Sie sagten..."

Sie winkte mit der Hand in der Luft. „Vergiss, was ich gesagt habe. Ich habe die Gesellschaft und all den Unsinn, den sie von mir verlangt, satt. Von uns beiden. Jetzt möchte ich das Leben feiern, indem ich das eine tue, von dem mir alle sagen, dass ich es nicht tun kann... während sie mich gleichzeitig dazu zwingen wollen. Ich möchte deine Männlichkeit in mir spüren, Sean. Heute Nacht."

Sie stieß einen genervten Atemzug aus. „Oh, ich möchte mehr als das spüren. Ich möchte, dass d u... Dinge tust, für die ich nicht einmal die Worte kenne, um sie auszudrücken. In was für einer Welt leben wir, dass ich die Worte für Teile meines eigenen Körpers nicht kenne? Du kannst meine Wünsche spüren, nicht wahr? Bring du sie für mich in Worte."

Ja, sie wünschte sich ganz sicher das, worum sie bat. Er hatte selten etwas so Starkes gespürt. Und es lag keine Schuld darunter. Sie wollte Sex mit ihm.

Aber die Worte für das, was sie wollte... Dinge, die sie nie erlebt hatte, nebulöse Wünsche, die sich durch ihren Geist wanden, von Dingen, die sie gehört oder flüchtig gesehen, aber nie vollständig verstanden hatte.

Sean holte tief Luft. „Als Ihr Liebhaber wünschen Sie, dass ich mit Ihnen Liebe mache. Sie wünschen, sich weit für mich zu öffnen, damit ich tief in Ihre feuchte Hitze eindringen kann, Ihre engen inneren Wände streichelnd, bis ich Sie zum Gipfel der Lust treibe und Sie mich mit Ihrer Essenz salben, meinen Namen gen Himmel rufend. Aber Sie wünschen auch, dass ich Ihre Lust teile, und so muss ich weitermachen, Stoß um Stoß, bis wir beide gemeinsam den Höhepunkt unserer Lust erreichen, und erst dann darf ich ruhen, bevor wir erneut Liebe machen."

Miss Steels Gesicht war ganz rot geworden. „Aber du hast mir keine der Bezeichnungen für die Körperteile genannt."

„Ah. Möglicherweise, weil die Worte vulgär sind, normalerweise nicht die Sprache eines Liebhabers."

„Wie würdest du es dann sagen? Du, Sean Bell, Höllenbrut und Dämon der Hölle, derzeit mein Beschützer. Wenn du all diese Dinge mit mir tun wolltest, wie würdest du es sagen?"

Sean schluckte. Sie hatte gefragt, und er musste antworten. Er könnte lügen, aber... er spürte, dass sie Ehrlichkeit verdiente. „Was ich will, ist dich hinzusetzen, deine Beine zu spreizen und deine Süße zu kosten, damit ich mich daran erinnere, dass es in dieser Welt noch Süße gibt. Dann möchte ich deine Freudenschreie hören, weil ich weiß, dass ich der Grund dafür bin. Und dann, wenn die Zeit reif ist, werde ich den Moment ergreifen, um deine Jungfräulichkeit zu nehmen, aber nicht deine Unschuld, eine Lust gegen eine andere eintauschend, bis du erneut vor Freude schreist. Erst dann, wenn ich weiß, dass du wirklich bereit für mich bist, würde ich es wagen, das zu tun, was du dir wünschst. Meinen Schwanz so tief in deine triefende Fotze zu treiben, in dich zu hämmern, während du vor Freude schreist, meinen Namen rufst, immer und immer wieder, bis du an nichts und niemand anderen mehr denken und fühlen und wollen kannst. Und erst dann, wenn du unzählige Male für mich gekommen bist, wird deine Lust meiner ebenbürtig sein, und wir werden gemeinsam diesen Gipfel erreichen. Danach wirst du eine Weile atemlos in meinen Armen liegen, bevor du mich um mehr anflehst. Und ich werde dich wieder ficken, meinen steinharten Schwanz in deine heiße, nasse Fotze stoßen..."

„Hör auf, bitte, Sean", flehte sie.

Er senkte den Kopf. „Verzeihen Sie, Miss Steel. Ich hätte nicht..."

Sie schüttelte den Kopf. „Nein. Hör auf zu reden. Setz mich hin, damit wir anfangen können. Anfangen zu... ficken."

Das Wort klang so schmutzig und köstlich auf ihren tugendhaften Lippen. Sean grinste. „Und was soll ich als Erstes tun, Miss Steel?"

SECHZEHN

Ihre Stimme klang atemlos. „Ich möchte, dass du... mich hinsetzt und mich mit deinem Mund und deinen Fingern verwöhnst, bis... bis..."

„Bis deine Fotze vor Verlangen nach mir trieft", flüsterte Sean, seine Augen glänzten im Dunkeln. Er zündete die Laterne an und setzte sie dann aufs Bett.

Sie streifte ihre Weste ab, zog dann ihre Hose aus und versuchte, die Worte über die Lippen zu bringen.

„Ich will, dass du meine Fotze mit deiner Zunge und deinen Fingern fickst, bis ich so feucht vor Verlangen nach dir bin, dass mich nur noch dein Schwanz befriedigen kann", sagte Carline. Sie konnte sich an den Rest nicht erinnern, denn Sean kniete bereits zwischen ihren Schenkeln, hob ihre Beine über seine Schultern und beugte seinen Kopf, um an ihr zu lecken.

Sie stieß einen wortlosen Schrei aus, als seine Zunge zu arbeiten begann, und noch einmal, als seine Finger in sie eindrangen, einer, zwei, drei. Als er sie zu ihrem zweiten Orgasmus gebracht hatte, konnte sie an nichts anderes mehr denken als an seinen Körper und was er mit ihrem anstellte. Alles, was sie wollte. Alles, was sie wollte, und mehr.

Carline konnte spüren, wie sich ihr dritter Orgasmus unter Seans unerbittlichen Stößen aufbaute. So nah... so nah...

„Sag mir noch einmal, was du willst, dass ich tue", sagte Sean und wurde langsamer.

„Ich will, dass du mich fickst!", schrie sie und versuchte, sich fester an ihm zu reiben, damit sie über diese nahende Klippe kippen würde. So nah! Wie konnte er sie nur so quälen?

„Mit meinen Fingern und meiner Zunge?", fragte er fordernd und begann, seine Finger aus ihr herauszuziehen.

„Ja, ja! Hör nicht auf!"

„Was willst du noch?"

Sie war fast blind vor Verlangen, so nah an einem Orgasmus und doch nicht nah genug. „Fick mich, Sean! Bitte!"

So nah. Noch... ein... Stoß... Carline atmete aus, bereit, tief Luft zu holen, um vor Freude zu schreien. Seans Finger spreizten sie weit, als sie aus ihr herausglitten, und sie stieß ein kleines „Oh!" der Enttäuschung über den Verlust aus, bevor heiße, harte Hitze ihren Platz einnahm, tiefer in sie gleitend, als seine Finger es je konnten, und sie merkte, dass sein Daumen immer noch fest gegen ihre Klitoris gedrückt war und langsam kreiste, bis...

„Sean. Oh mein Gott, Sean!"

Sie zog sich fest zusammen, aber die Hitze zwischen ihren Beinen schien nur als Antwort anzuschwellen, sodass Wellen der Lust durch sie strömten, unerbittlich wie das Meer, bis sie keuchend auf den Kissen lag und wieder die Decke des Zeltes sehen konnte und Seans Gesicht, das sie grinsend anschaute.

Ihre Beine waren immer noch über seine Schultern gehakt, aber seine Hände waren jetzt zu beiden Seiten von ihr aufs Bett gestützt, und als sie nach unten schaute...

Als wolle er sie necken, zog er seinen Schwanz aus ihr heraus, ihre Augen weiteten sich angesichts der Größe dessen, was in ihr gewesen war, glänzend im Laternenlicht, bevor er wieder in sie hineinglitt, diese herrliche Hitze rieb gegen ihr Inneres, genau wie er es gesagt hatte.

„Sag mir, was du begehrst, Miss Steel", flüsterte er, während er sie mit einem weiteren köstlich langsamen Stoß reizte.

„Dich", sagte sie, dann merkte sie, dass er auf mehr wartete. „Ich will, dass du mich fickst, bis ich schreie, und dann noch mehr fickst."

„Wie du befiehlst", sagte er.

SIEBZEHN

Am Morgen lag Sean mit Miss Steel in seinen Armen, sein Schwanz hart und bereit für ihr Erwachen. Sie musste gespürt haben, wie er sich bewegte, denn sie griff nach ihm, ihre Finger umschlossen seine Länge, als sie versuchte, ihn in sich zu ziehen.

Er drang von hinten in sie ein und griff um sie herum, um mit dem Daumen im Rhythmus jedes Stoßes ihre empfindliche Knospe zu reiben.

Ihre leisen Freudenstöhner trieben ihn an, einer der süßesten Klänge, die er je gehört hatte.

Nur übertroffen davon, wenn sie seinen Namen schrie, und das würde er auch hören, bevor er sich zurückzog.

Verdammt, sie fühlte sich gut an. Als wäre ihr Körper nur für ihn geschaffen, so perfekt umschloss sie ihn. Letzte Nacht hatte sie ihm drei eigene Orgasmen geschenkt, und er war schon auf dem besten Weg zu einem weiteren.

Ein leises Klicken ertönte hinter ihm, fehl am Platz in Miss Steels Zelt.

Sean blickte zurück und sah den Lauf von Miss Steels Gewehr auf seinen Kopf gerichtet.

„Geh runter von meiner Schwester", knurrte eine leise Stimme.

„Sean, oh, Sean", stöhnte Miss Steel, sich der Anwesenheit ihres Bruders nicht bewusst. Sie war nah dran, zog sich bereits um ihn zusammen, und Sean war es zuwider aufzuhören, bevor sie befriedigt war. Besonders wenn ihr Bruder sie gleich trennen würde, vielleicht für immer.

„Ich sagte..."

Sean erhöhte das Tempo. Fast, fast...

„Oh Gott, Sean, ja, ja, JA!", schrie Miss Steel.

Widerwillig zog Sean sich zurück und zog die Bettdecke hoch, um ihren glückseligen Körper zu bedecken, bevor er nach seiner eigenen Hose griff.

„Raus hier." Das Gewehr tippte gegen Seans Kopf.

Sean zwängte sich in seine Hose und stürzte aus dem Zelt, sein Herz schmerzte beim Anblick des entsetzten Gesichtsausdrucks von Miss Steel.

ACHTZEHN

„Erkläre mir, warum ich dich nicht einfach erschießen sollte", sagte William.

Nein - er konnte Sean nicht erschießen. Carline würde das nicht zulassen. Sie kramte hastig nach Kleidung und zuckte bei dem köstlichen Schmerz zusammen, den ihr Liebesspiel hinterlassen hatte. Wenn ihr Bruder Sean erschießen würde, würde sie jeden Zauberspruch durchsuchen, bis sie einen fand, der William in einen Frosch verwandelte, und sie würde üben und üben, bis es ihr gelänge.

Knabenkleidung war schneller anzuziehen als jedes ihrer Kleider, also trat sie in Hosen und Hemd aus dem Zelt, um ihrem Bruder entgegenzutreten.

„Antworte mir!", forderte William und stieß Sean mit dem Gewehr an.

Carline flog dazwischen. „William, du kannst ihn nicht erschießen!"

William funkelte sie wütend an. „Nach dem, was ich da drin gerade gesehen habe, solltest du diejenige sein, die ihn erschießt."

Verdammt seien die Gesellschaft und ihre dummen Regeln, die ihr solche Freuden verwehrten, bis sie eine Sklavin ihres Ehebettes wäre. Es sei denn...

„Du kannst ihn nicht erschießen, weil ich ihn heiraten werde!", erklärte sie. „Wir wären schon verheiratet, wenn du früher nach Hause gekommen wärst, aber Sean wollte warten, bis du bei unserer Hochzeit dabei sein könntest."

„Das sah für mich nicht nach Warten aus. Es sah aus wie..."

Ha, William fehlten die Worte. Entweder kannte er die richtigen nicht, oder die einzigen, die er kannte, waren nicht für die Ohren seiner Schwester geeignet.

„Sean kam, um mir Gesellschaft zu leisten und mich nach dem Angriff zu beschützen. Er wusste, dass ich Angst hatte, hier ganz allein zu sein. Gut, dass er das tat, denn die Mühle fing Feuer, und wir kamen kaum heraus. Ich hätte es überhaupt nicht geschafft, wäre er nicht gewesen. Er hat mein Leben gerettet, William, und es schien nur fair, ihm Kost und Logis anzubieten, während er hier war. Und da wir nur das eine Bett haben..." Carline ließ den Satz unvollendet.

William sah immer noch aus wie ein Gewitterwolke. Nichts, was sie sagte, würde ihn beruhigen.

„Du willst ihn wirklich heiraten?", fragte William.

Sie wollte für den Rest ihres Lebens bei Sean bleiben und sein Bett teilen. Was waren da schon ein paar Schwüre? „Natürlich", sagte sie.

„Und du? Wie heißt du?"

Sean warf Carline einen fragenden Blick zu, antwortete aber William: „Ich bin Mr Sean Bell, ein einfacher Arbeiter, der mit Mr Peel hergekommen ist. Fragen Sie Captain Ellis, er weiß alles darüber."

„Also hast du eine Landzuteilung?", hakte William nach.

„Noch nicht, aber er hat Anspruch darauf, also bin ich sicher, er wird bald eine bekommen.

Besonders mit einer Frau, die er versorgen muss", sagte Carline.

„Warum willst du meine Schwester heiraten?", fragte William barsch.

„Weil wir uns lieben", blaffte Carline.

William wedelte mit der Hand in ihre Richtung. „Ruhe, Frau. Ich habe dich nicht gefragt. Ich habe deinen zukünftigen Ehemann gefragt, und wenn seine Antwort mich nicht zufriedenstellt, dann erschieße ich ihn vielleicht doch noch."

Carlines Herz schlug ihr bis zum Hals. Wenn es zu einem Kampf zwischen Sean und William käme, wusste sie, wer gewinnen würde. William hatte noch nie in seinem Leben einen Mann getötet und Sean...

„Mr Steel, nehme ich an? Nun, Sir, wenn Sie das fragen müssen, dann kennen Sie Ihre Schwester kaum. Eine mutigere, gutherzigere Frau habe ich in all meinen Tagen nie getroffen. Es gibt nur wenige Frauen in dieser Kolonie, und obwohl ich Miss Steel noch nicht lange kenne, wusste ich sofort, dass sie eines der kostbarsten Juwelen ist, die die Weiblichkeit je hervorgebracht hat, und ich beabsichtige, sie zu der Meinen zu machen, bevor irgendein anderer Mann Anspruch auf sie erheben kann."

Carline klappte der Kiefer herunter. Sie schloss schnell den Mund, bevor ihr Bruder es bemerken konnte.

„Nun gut." William blinzelte und sah zerrissen aus, bevor er seinen Kiefer straffte und fortfuhr: „Dann werde ich wohl über den Fluss gehen und den Pfarrer holen, oder? Je eher ich euch beide verheiratet sehe, desto glücklicher werde ich sein." Ohne ein weiteres Wort schritt er in Richtung des Mühlenteiches davon.

NEUNZEHN

„Bist du sicher, dass du mich heiraten willst?", fragte Carline und blickte zu Sean auf. „Ich möchte nicht, dass es sich wie ein Befehl anfühlt oder so. Eine Heirat sollte etwas sein, dem man aus freien Stücken zustimmt."

Sean grinste. „Ich bin bereits dazu verpflichtet, dein Beschützer und Geliebter zu sein, solange du oder ich leben. Ein paar Worte, die vor irgendeinem Mann gesprochen werden, der behauptet, Gott zu vertreten, werden daran nichts ändern. Und wenn es bedeutet, dass die Chance geringer ist, dass dein Bruder mich erschießt oder uns im Bett stört, dann je eher wir die Worte sagen, desto besser."

Carline nickte langsam. Ja, sie konnte die Logik darin erkennen, aber sie hatte immer gedacht, dass man aus Liebe heiraten sollte, nicht aus Logik.

„Es ist nur, dass... ich nie dachte, ich würde einen Mann heiraten, um die Gesellschaft zufriedenzustellen."

Sean packte sie an den Schultern und blickte ihr tief in die Augen. „Hast du mich aus eigenem Verlangen beschworen oder wegen der Wünsche anderer?"

„Aus meinem eigenen, nehme ich an, aber ich wollte einen Beschützer beschwören..."

„Hast du mich in dein Bett eingeladen, um all deine Begierden zu befriedigen, oder weil die Gesellschaft es von dir verlangt hat?"

Carline lachte schwach. „Wenn die Gesellschaft wüsste, dass ich das Bett mit einem Dämon geteilt habe, würden sie mich sicher hängen oder verbrennen. Nein, ich... ich habe meinen Körper mit dir geteilt, weil es das war, was ich wollte, und ich glaubte, du wolltest es auch."

„Also, ist diese Heirat um der Gesellschaft willen... oder was du willst, Miss Steel?"

Als sie zu ihm aufblickte, ihr Körper noch schmerzend von der herrlichen Liebesnacht, kannte sie ihre Antwort. „Ich will dich, Sean. Ich will, dass du mich beschützt, dass du in einem Kampf neben mir stehst, dass du mir hilfst, die Leichen all derer zu beseitigen, die es wagen, uns zu bedrohen, und danach will ich, dass du mich so wild vögelst, dass ich vergesse, dass es irgendjemand anderen auf der Welt gibt außer dir und mir. Solange wir beide leben." Sie schluckte. „Und du solltest mich wahrscheinlich Carline nennen, da ich ja bald Mrs. Bell werde und nicht mehr Miss Steel."

„Mit Vergnügen." Und der Blick, den er ihr zuwarf, war von solch glühender Hitze erfüllt, dass Carline fürchtete, ihre Unterwäsche könnte Feuer fangen. Ihre Hochzeitsnacht konnte gar nicht schnell genug kommen.

Reverend Wittenoom kam früher als erwartet, denn William hatte ihn auf halbem Weg über den Fluss getroffen, als er schon auf dem Weg war, um ihn vor einigen Raufbolden zu warnen, die die anderen Mühlenbesitzer bedroht hatten - Matrosen von einem Schiff, das erst kürzlich in den Hafen eingelaufen war.

Carline, nun in ihrem Sonntagskleid, reichte Sean vor dem Reverend die Hand.

Nach dem Austausch der Gelübde - wobei Sean grinste, als Carline schwor, ihm zu gehorchen - und einem schnellen Hochzeitsfrühstück aus kaltem Hammel und Brot, das William aus York mitgebracht hatte, war der Reverend bald wieder auf dem Weg.

Während Sean abgelenkt war und dem Reverend half, sein Boot hinauszuschieben, zog William Carline beiseite. „Du musst diese Hexerei jetzt und für immer aufgeben, wenn du deinen Ehemann behalten willst. Denn wenn er auch nur den Hauch von solchen Dingen wittert, kannst du sicher sein, dass er dich entweder schlagen oder verlassen wird, oder vielleicht beides. Du wirst dich nicht mehr als Junge verkleiden können, oder schießen, oder irgendetwas von dem tun, was ich dir erlaubt habe. Du musst eine gute, gehorsame Ehefrau sein, wenn du willst, dass er bleibt und dich beschützt. Vielleicht ist es gut, dass er dich schon gehabt hat - er weiß, dass du im Bett fügsam bist, immer eine gute Sache bei einer Ehefrau. Ich werde dich nicht zurücknehmen, wenn er dich verlässt, Carline - das schwöre ich. Mit einer neuen Mühle, die hier gebaut werden muss, werden Shenton und ich kaum genug Geld haben, um uns selbst den Winter über zu ernähren. Du und Bell müsst bald den Gouverneur wegen seines Landes aufsuchen, denn ein Mann, der so viel isst wie Bell, wird weit mehr sein, als wir uns leisten können. Morgen muss er gehen. Du sagst es ihm. Heute Nacht könnt ihr das Zelt haben, aber mo rgen... muss er gehen."

Zu müde, um ihren Bruder auch nur ansatzweise aufzuklären, lächelte Carline einfach und nickte, dann ging sie ins Bett, wo Sean sie zu beschäftigt hielt, um sich um irgendjemand anderen als ihn zu kümmern.

ZWANZIG

Carline tätschelte ihren leicht gerundeten Bauch, als sie nach draußen ging, um Wasser aus dem Brunnen zu holen. Sie wusste nicht genau, was sie von einem halb menschlichen, halb dämonischen Baby erwarten sollte, aber Sean schien sich keine Sorgen zu machen. Also beschäftigte sie sich in dem Häuschen, das Sean für sie gebaut hatte, erweiterte den Gemüsegarten und lernte die Namen ihrer Nachbarn kennen, die alle ihren Namen bereits zu kennen schienen.

„Frau Bell?"

Carline blickte auf und sah ein Mädchen, kaum den Teenagerjahren entwachsen, am Tor stehen. „Ja?"

„Frau Bell, ich heiße Sarah. Sarah Thomson. Mein Mann und ich, wir sind neu in der Kolonie. Wir haben alle unsere Kinder durch die Krankheit verloren und er dachte... ein Neuanfang, irgendwo anders, könnte helfen..." Sie schniefte, und die Tränen begannen zu fließen.

Carline klopfte dem Mädchen auf den Rücken und lud sie zum Tee ein. Während sie den Kessel aufsetzte, kam Sarahs Geschichte heraus. Sie hatte versucht, weitere Kinder zu bekommen, aber auch diese waren gestorben, und sie hatten die Hilfe einer Hexe gesucht, aber es hatte nicht geholfen.

„Ich habe gehört, Sie wüssten vielleicht ein wenig über solche Dinge, und möglicherweise, nur vielleicht, könnten Sie helfen...?" Sarahs Augen waren weit vor Hoffnung.

Was das Mädchen brauchte, war ein Gründungsopfer der fruchtbaren Art. Nicht so blutig wie die unsterblichen Beschützer, die durch die volle Kraft eines Gründungsopfers erweckt werden konnten, aber der Zauber hatte dennoch Kraft. „Hast du etwas, das einem deiner verstorbenen Kinder gehörte? Einen Schuh oder ein Kleidungsstück oder vielleicht ein Lieblingsspielzeug?", fragte Carline.

„Wir haben ein Paar von Tommys kleinen Schuhen. Sie waren ein Geschenk seiner Patin. Er wurde nie groß genug, um sie zu tragen..." Sarah brach wieder in Tränen aus.

Carline servierte Tee und Trost, zusammen mit einigen Scones, die sie am Morgen gebacken hatte, und einigte sich auf einen Preis für die Durchführung eines Hexensegens für das neue Haus der Thomsons.

Sean wäre stolz - sie verdiente jetzt fast so viel wie er, nachdem sich die Nachricht von ihren Fähigkeiten herumgesprochen hatte. Im Gegensatz zu dem, was William ihr immer erzählt hatte, waren Hexen hier genauso gefragt wie zu Hause. Besonders eine Hexe, deren Zauber tatsächlich wirkten, wie Sean nur zu gut wusste.

Während Sarah über die Pläne ihres Mannes für sein kleines Grundstück plapperte, schweiften Carlines Gedanken zu den Männern ab, die sie getötet hatte, und dem Gründungsopferritual, das sie fast vollendet hätte, wäre William nicht dazwischengekommen. Eines Tages müsste sie herausfinden, wo er sie begraben hatte, und das Ritual vollenden. Stanley und Grant Steel und die anderen beiden, deren Namen sie noch nicht kannte. Vier unsterbliche Beschützer wären praktisch im Haus zu haben, besonders jetzt, wo Sean so beschäftigt mit seiner eigenen Arbeit war. Er hatte den Ruf als stärkster Mann in der Kolonie, und jeder wollte seine Hilfe bei Bauprojekten. Manchmal kam er fast zu müde nach Hause, um mit ihr zu schlafen. Aber nur fast.

Ja, es wäre schön, mehr Hilfe im Haus zu haben, damit sie mehr Zeit mit Sean verbringen könnte. Eines Tages...

[illegible]

[illegible] zu haben. [illegible] jetzt, wo [illegible]

beschäftigt mit einer [illegible] Arbeit war [illegible]

[illegible] den Ruf als [illegible] in der [illegible] und

[illegible]

[illegible]

[illegible]

[illegible]

Über die Autorin

Demelza Carlton hat den Ozean schon immer geliebt, aber bei ihrem ersten Schnorchelausflug stellte sie fest, dass sie Angst vor Fischen hatte.

Seitdem ist sie mit Seelöwen, Haien und Seegurken geschwommen und hat auf sprühwasserbenetzten Klippen über einem tosenden Meer gestanden, während eine sieben Meter hohe Zyklonwelle hereinbrach und ein Schiffswrack unter ihr zerschmetterte.

Demelza lebt jetzt in Perth, Westaustralien, der Haiangriff-Hauptstadt der Welt.

Die Ocean's Gift-Reihe war ihr erster Ausflug in die Belletristik, gefolgt von ihrer Suspense-Thriller-Trilogie Nightmares. Sie schwört, dass die Mel Goes to Hell-Reihe sie in einem überfüllten Zug überfallen und nicht mehr losgelassen hat.

Möchten Sie mehr erfahren? Sie können Demelza auf ihrer Website, Demelza Carlton's Place, folgen: www.demelzacarlton.com

www.ingramcontent.com/pod-product-compliance
Lightning Source LLC
LaVergne TN
LVHW050551160826
845677LV00011B/2266

* 9 7 9 8 2 2 4 1 8 3 5 2 4 *